Diane Broeckhoven

Eine Reise mit Alice

Diane Broeckhoven

Eine Reise mit Alice

Aus dem Niederländischen
von Isabel Hessel

C. H. Beck

Die Übersetzung dieses Buches wurde gefördert
vom Flämischen Literaturfonds
(Vlaams Fonds voor de Letteren – www.vfl.be)

Vlaams
Fonds
voor de
Letteren

Titel der Originalausgabe:
«Reiskoorts. Verhaal voor onderweg»
Erschienen bei The House of Books
Antwerpen/Vianen 2006

Gesetzt aus der Bembo bei Fotosatz Amann, Aichstetten
Druck und Bindung: Pustet, Regensburg
Gedruckt auf säurefreiem, alterungsbeständigem Papier
(hergestellt aus chlorfrei gebleichtem Zellstoff)
Printed in Germany
ISBN 978 3 406 55613 5

www.beck.de

Do not go gentle into that good night
Old age should burn and rave at close of day:
Rage, rage against the dying of the light.

Geh nicht gelassen in die gute Nacht,
Brenn, Alter, rase, wenn die Dämmerung lauert;
Im Sterbelicht sei doppelt zornentfacht.

Dylan Thomas

Paris

April

Alice irrte nun schon drei Nächte hintereinander in ihren Träumen durch Paris. Nicht durch die brausende, bunte Stadt der Lichter aus den Achtzigern, die sie gemeinsam mit Jules im Reisebus mit Aircondition durchkreuzt hatte, sondern durch das zu Sepia neigende Paris der Nachkriegszeit. Sie lief durch die leeren Straßen, fieberhaft auf der Suche nach etwas oder jemandem. In hallenden Bahnhöfen kamen ihre Koffer abhanden, verpaßte sie den letzten Zug oder sprach schweigende Reisende an. Manchmal kamen die französischen Wörter, die ihr auf der Zunge lagen, als unverständliche Laute zwischen ihren Lippen hervor.

Dann erwachte sie schweißgebadet, voller Sehnsucht nach der jungen Ausgabe ihrer selbst unter dem gegerbten Dekor. Die nächtliche Alice trug seltsamerweise immer einen Filzhut, der mit einer

Hutnadel festgesteckt war. Sie erkannte in ihm das Hochzeitsgeschenk, für das ihre jüngere Schwester Esther ihr ganzes Taschengeld ausgegeben hatte. Die schwarze Kappe, eine *Toque*, hatte nur einen einzigen Tag lang ihren Dienst getan. Nachdem sie jahrelang vergessen und unter Verschluß ganz unten im Schrank gelegen hatte, war sie schließlich in der Kostümtruhe gelandet. Herman, ihr Sohn, hatte manchmal mit dieser Kopfbedeckung Postbote gespielt. Oder er hatte, als kleiner Küster in den von ihm selbst regiegeführten Kindermessen, darin Almosen für die armen Kinder gesammelt. Ergeben hatte Alice Knöpfe und Damesteine gespendet.

Die Pariser Nächte hinterließen immer leichte Kopfschmerzen, als ob ihr Schädel von zwei warmen Handflächen umfaßt würde. Ein ereignisloser Vormittag war schon halb vorbei, als es sie zu einer Schublade zog, in der sie ihr Hochzeitsalbum aufbewahrte. Sie war erstaunt, als sie das Album aufschlug und erkannte, daß der Filzhut aus ihren Träumen mit dem ihres Hochzeitstages bis hin zu dem stufenförmig nach oben laufenden Rand identisch war. Die Perle der Hutnadel schimmerte sanft im Blitzlicht des Fotografen.

Auf jedem Foto sah sie ihre ängstlichen Augen und angespannten Nasenflügel. Nicht unbedingt das Gesicht einer Braut, fand sie. Jules hingegen strotzte vor Selbstvertrauen. Sein Brillantinehaar glänzte passend zum Revers seines geliehenen Smokings. Er schaute verführerisch, dachte Alice und mußte lächeln. Auch sechzig Jahre nach diesem Tag wußte sie noch, warum. Sie konnte sich nicht vorstellen, daß ihr steifer Körper noch einmal so feurig und willig sein könnte wie in jenen Tagen, als die Fotos entstanden waren. Sie schloß die Augen und spürte, wie der Druck in ihrem Kopf zunahm und sich ausbreitete, als ob eine Ameisenkolonie über ihren Schädel kröche. Eine zittrige Unruhe überkam sie.

«Ich fahre nach Paris», sagte sie zu sich selbst. Sie konnte ihre eigenen Worte hören. Laut ausgesprochen, hatten sie einen höheren Wahrheitsgehalt als die Gespräche, die sie andauernd stumm mit sich selbst führte.

Gleich nach Jules' Tod hatte sie beschlossen, nie wieder zu verreisen. Niemals wieder. Alles, was sie in einen leichten Glücksrausch versetzen könnte, wollte sie aus ihrem Leben verbannen. Als Ehrbezeugung an ihn, ihren Begleiter auf den vielen Reisen, die sie unternommen hatten. Zudem würde Jules es nicht gutheißen, wenn sie ganz allein in einen Reisebus oder ein Flugzeug steigen würde und sich von der Urlaubsstimmung wildfremder Leute anstecken ließe.

Aus dem Silberrahmen auf dem Büfett blickte er sie forschend an. Erst als sie das Foto mit dem Gesicht zur Wand gedreht hatte, konnte sie ihren Gedanken freien Lauf lassen. Diese superschnellen Züge mit grau-roter spitzer Nase fuhren an einem Tag hin und zurück, wußte sie. Mit eigenen Augen wollte sie sehen, ob es das kleine Hotel, in dem sie ihre Hochzeitsnacht verbracht hatten, noch gab. Paris kennenlernen, dachte sie kampflustig. Es würde eine Reise mit Mission werden, eine, die Jules ihr doch unmöglich übelnehmen konnte.

Plötzlich war ihr klar, daß es das war, wonach sie in ihren unübersichtlichen Träumen suchte: die Familienpension, ganz in der Nähe des Triumphbogens, wo Jules ihr die Liebe beigebracht hatte. Sogar der Name der Straße fiel ihr jetzt wieder ein. Rue de Colincourt, notierte sie am Rand ihrer Morgenzeitung. Vielleicht könnte sie dort eine Tasse Kaffee trinken? Alice erinnerte sich, daß in dieser Unterkunft nur Übernachtungen mit Frühstück angeboten wurden. Essen würde sie also woanders, irgendwann später am Tag. Bei Ankunft am Gare du Nord könnte sie wie eine Dame von Welt in ein Taxi steigen und sagen: «Rue de Colincourt.» «Welche

Hausnummer?» «Ich weiß nicht, Monsieur. Setzen Sie mich einfach am Anfang der Straße ab, dann gehe ich geradewegs darauf zu!» Anschließend würde sie, an ihrem *Café au lait* nippend, an einem schmalen Tisch im Speisesaal sitzen und spüren, wie das Verlangen wieder durch ihre alten Glieder strömte oder doch zumindest die Erinnerung an das Verlangen. Das würde sie erwärmen. Am Ende ihres ersten Winters ohne Jules war sie fast so kalt geworden wie er an seinem letzten Tag.

Gebäude schrumpfen, je älter ein Mensch wird, doch der Hauptbahnhof war seit dem letzten Mal, als Alice hier gewesen war, gewachsen. Höher und großzügiger war er geworden. Und leerer. Man hörte leise Musik, und die Schalter waren verschwunden. Aber Alice sah Reisende, die ihre soeben gekauften Fahrkarten in der Hand hielten oder zwischen die Lippen geklemmt hatten. Sie ging in die Richtung, aus der diese Leute kamen. Türen rauschten vor ihr auf, und es hatte den Anschein, als wartete eine ganze Reihe Fahrkartenverkäufer auf sie. Früher hatten sie sich hinter Glas mit Löchern verschanzt, heute saßen sie zum Greifen nahe hinter einem Schalter.

Die Stoßzeit war schon lange vorbei. Am Schalter

International hatten sich zwei zerbrechliche Chinesen mit mannshohen Rucksäcken aufgestellt. Alice fragte sich, ob sie nicht besser kurz auf einem der blauen Metallstühle Platz nehmen sollte. Denn falls die beiden eine Hin- und Rückfahrkarte für Hongkong haben wollten, konnte es noch eine Weile dauern. Weil sie aber befürchtete, den Augenblick zu verpassen, an dem sie an der Reihe war, stellte sie sich dann doch lieber gleich hinter die Globetrotter. Ihr rechtes Lid zuckte, das Herz hämmerte in ihrer Brust. Sie hatte keine Erfahrung mit dem normalen Ablauf an Schaltern. Das war immer Jules' Bereich gewesen.

Es wurde ganz hell, als die beiden Rucksäcke aus ihrem Blickfeld verschwanden. Sie sah in die verschwommenen Augen eines älteren Mannes.

«Und, wohin soll die Reise gehen?» fragte er.

«Ich möchte gerne für einen Tag nach Paris», sagte Alice.

«Wer möchte das nicht?» antwortete er.

Binnen weniger Minuten war der Kauf getätigt.

Um 8.57 Uhr am nächsten Montag würde der *Thalys* den Antwerpener Berchem-Bahnhof verlassen. Alice würde ihre Pariser Déjà-vu-Erlebnisse einen ausgiebigen Mittag lang genießen können. Um

18.55 Uhr würde ihr Zug ab Gare du Nord wieder zurückfahren. Mit ein wenig Glück würde sie am Abend noch zur gewohnten Zeit im Bett liegen können. Zu Hause.

Ihr Mund war trocken, als sie das Zugticket in ihre Tasche schob, sicher hinter ihr Portemonnaie geklemmt. Sie spürte, wie eine Art feuchtes Fieber über ihre Haut kroch, gab dem Gefühl aber nicht nach. Im Café *Paon Royal*, gleich neben dem Tierpark – den sie noch immer die «Zoologie» nannte –, gönnte sie sich eine andere Premiere. Sie trank dort allein einen Filterkaffee und aß ein Stück Apfelkuchen dazu. Alice hätte schwören können, daß Jules ihr etwas ins Ohr flüsterte. «Du verdirbst dir noch den Appetit», sagte er. Sie hörte es ganz deutlich, als sie ihren Kopf ein wenig schräg hielt.

Wagen 18, Sitz 074, las sie auf ihrem Fahrschein. Wo standen die Wagennummern? Auf den Fensterscheiben? Sie hoffte, nicht auf dem Bahnsteig den Zug entlangrennen zu müssen. Gegen einen Hochgeschwindigkeitszug, sogar gegen einen stehenden, würde sie immer den kürzeren ziehen. Alice konzentrierte sich auf die Füllung ihres Kuchens, in dem sie ein paar aufgequollene Rosinen entdeckte. «Wer weiß, wo Paris liegt, kann auch bis achtzehn zählen», beruhigte sie sich selbst.

Zu Hause wagte sie es nicht, Jules in seinem Bilderrahmen geradewegs in die Augen zu blicken. Sie hatte keinen Hunger. Nicht einmal eine Tasse Suppe würde sie herunterbekommen. Alice ließ das Mittagessen ausfallen und schloß die Augen für ein Nickerchen. Sie spürte Jules' schadenfrohen Blick durch ihre geschlossenen Lider dringen. Der Blick des ewigen Rechthabers.

Am Morgen der Abreise zog Alice ihren braunen Wintermantel mit dem Kunstfellkragen an, obwohl die Sonne diesig am unbewegten Himmel stand. Sie schloß die Finger fest um den langen Henkel ihrer Tasche, doch es half nichts, das Zittern ihrer Hände blieb und breitete sich über ihre Arme hin bis zu ihrem Bauch aus. Die Rolltreppe spuckte unaufhörlich Reisende auf den Bahnsteig: farbige Familien, die grüppchenweise aneinanderkletteten wie in einer Festung aus gestreiften Nylontaschen, Geschäftsleute, die schnell noch einen Anruf erledigten, oder Freundinnen mittleren Alters, die wie Schulmädchen vor Aufregung kicherten.

Alice blickte sich suchend um und fragte sich, wer ihr den strategisch günstigsten Warteplatz für Wagen 18 zeigen könnte. Ein grau-rot gekleideter Bahnhofsvorsteher mit einer Bauchkasse über der rechten Schulter lief hallenden Schrittes an ihr vorbei.

«Herr Schaffner», sagte sie, mit ihrem Fahrschein wedelnd, den sie schon mindestens fünfzehnmal studiert hatte, «ich meine: Fräulein, ich muß in Waggon 18 einsteigen, aber ich weiß nicht, wo der ungefähr halten wird.»

«Schauen Sie mal nach unten», deutete die Frau mit ihrem Zeigefinger. Alice dachte, ihr sei etwas aus der Tasche gefallen. Hitze stieg in ihr auf – genau wie damals vor dreißig Jahren –, während sie den Bereich um ihre Schnürsenkel herum absuchte. Aber auf dem Beton lag nichts, das ihr gehörte.

«Sie stehen auf Nummer 18, und das ist genau die Stelle, wo Ihr Waggon halten wird. Ich wünsche Ihnen eine gute Reise!»

Wenn es nicht Jules gewesen war, der sie auf den richtigen Platz geführt hatte, mußte es wohl göttliche Vorsehung gewesen sein. Alice entspannte sich, denn sie befand sich in guten Händen. Über den Lautsprecher kündigte eine hallende Stimme an, daß der *Thalys* nach Paris auf Gleis 1 in den Bahnhof einfuhr. In einem langgedehnten Atemzug glitt der Zug über die Gleise und kam ächzend zum Stillstand. Direkt vor ihrer Nase befand sich eine Tür, auf der sie auf Brusthöhe *Waggon 18* auf niederländisch und französisch lesen konnte. Die Wunder der Technik.

Als sie auf Platz Nummer 74 am Fenster niedersank, entfuhr ihr ein tiefer Seufzer der Erleichterung. Jetzt war sie wirklich unterwegs. Ihr Nachbar schälte sich aus einer Regenjacke, die gelb wie ein Kanarienvogel war, und zum Vorschein kam ein Nadelstreifenanzug. Ein modischer Fauxpas, fand Alice und sackte noch ein wenig tiefer in die Polster. Es war lange her, daß sie das letzte Mal so nah bei einem Mann gesessen hatte. Er legte *De Volkskrant* vor sich auf den Klapptisch und klopfte sich sanft gegen die Brust, auf der Suche nach seiner Lesebrille. Ein Holländer. Halb Geschäftsmann, halb Segler. Sie hätte es wissen können! Als er seine Zeitung aufschlug, bedeckte die Vorderseite die Hälfte ihres Oberkörpers, so als breitete er eine imaginäre Decke über ihr aus. Sie schloß die Augen und war schon vor Brüssel-Süd eingenickt, von raschelnden Zeitungsseiten umhüllt.

Eine Frau reichte ihr beim Aussteigen in Paris mit töchterlicher Fürsorge die Hand. In dem Menschenstrom, der sie in Richtung der Ausgänge trieb, prickelte die Berührung in Alice' Fingerspitzen nach. Sie fühlte sich plötzlich verwaist, verloren in dem wogenden Meer aus Körpern. Auch der Gare du Nord war gewachsen und hatte im Laufe der Jahre monströse Dimensionen angenommen. Zu allen Seiten ratterten Rollkoffer an ihr vorbei. Alice gehörte zu der Generation Reisender, die entweder ihre Koffer noch trugen oder das von einem Gepäckträger in weißem Kittel erledigen ließen. Die Kulis, die einem in den Nachkriegsjahren auf Bahnsteigen behilflich waren und die Koffer abnahmen, waren meist mahagonifarbene Afrikaner gewesen, erinnerte sie sich. Es waren die ersten Schwarzen, die sie in ihrem Leben gesehen hatte, wenngleich sie auch nie so schwarz waren wie das nickende Missionsnegerlein auf der Ladentheke beim Bäcker. Sie hielt ihre Tasche unter der Achsel fest an sich gepreßt.

Ihr wurde schwindelig. Sie ließ sich zu den blauen Buchstaben M mitziehen. Sparsam wie sie war, hatte sie beschlossen, auf dem Hinweg die Metro zu nehmen und mit einem Taxi zurückzukehren. Zögernd machte sie sich an den Abstieg der Treppen, doch schon auf halbem Weg kehrte sie um und kam, einer Ertrinkenden gleich, wieder an die Wasseroberfläche. Lieber erst einmal eine Tasse Kaffee trinken.

Bei einem der Cafés in der Bahnhofshalle nahm sie an einem schmutzigen Tisch Platz. Das Frühstück war jetzt im Angebot, sah sie. Nach elf kostete der Kaffee mit Croissant einen Euro mehr als vorher. Voller Elan fegte ein kahlgeschorener Kellner die Krümel ihres Vorgängers mit einem schmierigen Spüllappen fort. Sofort trippelten zwei Tauben zwischen den Stuhlbeinen herum.

«Sie wünschen, Madame …?» fragte er.

Sie bestellte einen *Café crème* und ein Croissant, nicht ohne dabei einen demonstrativen Blick auf ihre Uhr zu werfen. Es war fünf vor zwölf. Noch immer Winterzeit, denn Alice war nicht imstande, selbst die Zeit auf ihrer kleinen Digitaluhr – Jules' letztem Geburtstagsgeschenk – einzustellen. Er hatte sie immer gerne mit sichtbaren Zeichen der Ordnung bedacht, die auch ihm, als aufmerksamem Ehemann, die Wertschätzung der Außenwelt garantierten. Alice wußte, daß man eine Nadel oder einen spitzen Bleistift brauchte, um die Zeit richtig einzustellen, doch wie das genau funktionierte, verstand sie nicht. Sie würde Herman darum bitten.

Der Ober lächelte, als er den Kaffee mit luftigem Sahnehäubchen vor ihr abstellte. Er meinte, sie solle ihn genießen, was sie sich kein zweites Mal sagen ließ. Das Schälchen Vierfruchtmarmelade steckte sie in ihre Handtasche für zu Hause. Sie würde es auf einem Toastbrot essen. Ihr Croissant bestrich sie dick mit Butter. Sie kramte einen kleinen grünen

Notizzettel aus ihrer Tasche hervor, las wieder und wieder, was sie aufgeschrieben hatte: Rue de Colincourt, Arc de Triomphe, Champs-Elysées, Familienpension.

Sie war sich sicher gewesen, daß irgendwo in ihrer Wohnung noch ein Stadtplan von Paris liegen mußte, mit zerschlissenen Vierteln in den ausgefransten Falten, doch sie hatte ihn in keiner der Schubladen finden können. Als erstes müßte sie gleich einen dieser Stadtpläne hinter Glas ausfindig machen. Sie würde sich auf den Arc de Triomphe konzentrieren und aus dem Netz der Metrolinien derjenigen folgen, die dorthin führte. Alice war sich sicher, daß die Familienpension, die sie damals in jugendlichem Übermut Hotel genannt hatten, nicht mehr als zehn Gehminuten davon entfernt war.

Ihre Kaffeetasse war bereits seit einer halben Stunde leer, und der grüne Notizzettel hatte von ihren Fingerabdrücken einen Fettrand bekommen. Sie traute sich nicht, den Tisch noch länger in Beschlag zu nehmen, und machte Anstalten aufzustehen. Flüssiges Blei strömte durch ihre Knie.

«Ça va?» fragte der glatzköpfige Kellner eindringlich, als sie nach dem Abkassieren aufstand. Natürlich ging es. Auf der Damentoilette studierte sie gründlich ihr Spiegelbild und suchte es nach Spuren ab, die ihn zu dieser Frage veranlaßt hatten. Sie war alt, und in dem fahlen Licht wirkte ihre Haut wie Recyclingpapier.

Aber sie war nicht hilflos. Alice richtete sich auf, als sie erneut die Treppen zu den Pariser Eingeweiden herabstieg. Über der Schulter einer Schülerin las sie mit, was auf dem Monitor des Kartenautomaten stand: Wie viele Zonen? fragte ein leuchtendes Viereck. Sie hatte keine Ahnung. Vor dem in Glas gerahmten Stadtplan mußte sie ihren Platz gegen ein paar Frauen, die in farbenprächtige Saris gewickelt waren, verteidigen. Das Herz rutschte ihr in die Hose, obschon sie den Arc de Triomphe sofort gefunden hatte. Doch in dem Netzwerk aus Wirrwarrsträßchen drumherum konnte sie die kleingedruckten Buchstaben nicht entziffern. Alice' Zeigefinger fuhr über die dicke blaue Ader bis zu den Champs-Elysées. Auf ihrer Fingerspitze befand sich nun wahrscheinlich eine ganze Armee von Krankheitserregern. Während sie ein Papiertaschentuch aus ihrer Manteltasche herausfischte, verschwammen alle Fäden und Linien auf dem Plan zu einem einzigen bizarren Rorschachfleck. Ein Nachtfalter, der wild flatternd um sein Leben rang, entzog ihr den Blick auf den Triumphbogen.

Alice beschloß, ihr Ticket am Schalter zu kaufen und gleichzeitig um eine Wegbeschreibung zu bitten. Die Warteschlange war lang und ungeordnet. Es dauerte fast zehn Minuten, bevor sie die ersten Zentimeter vorwärtskam. Einige Leute gaben die Hoffnung auf und verließen die Schlange, andere gesellten sich zu ihrer Reisegruppe, die für sie einen Platz freigehalten hatte. Die Menschenmasse schrumpfte und breitete sich gleich darauf wieder aus. Alice' Beine schmerzten und schienen sie nicht länger tragen zu können. Sie hätte ein Jahr ihres Lebens darum gegeben, kurz sitzen zu können, zur Not auch auf dem Koffer von irgendwem. Auf eineinhalb Jahre hätte sie verzichtet, würde sie jetzt zu Hause auf ihrem Platz auf dem Ledersofa sitzen können, ihrem vertrauten Platz am Fenster.

Als sie noch ungefähr sieben Meter und drei Reisegruppen von ihrem Ziel entfernt war, verschwand das Ticketfräulein nach hinten. Der Anblick des leeren Schalters brach ihren letzten Widerstand. Sie trat aus der Reihe und nahm die Rolltreppe nach oben. Wie in Trance ging sie wieder zum Ausgang des Bahnhofs.

Ein seltsames Gefühl der Rührung überkam sie, als sie das Stückchen Stadt unter dem freien Himmel erblickte. Cafés und Restaurants, Menschen,

Autos … Alles wie in einer Membran zusammengeballt zu sein, aus der der Gestank von Abgasen aufstieg. Ein Taxi fuhr langsam auf sie zu, und sie schüttelte derart heftig den Kopf, daß sie ihre Nakkenwirbel krachen hörte.

Vielleicht sollte sie sich einfach in das *Grand Café du Nord* auf der gegenüberliegenden Seite setzen, um nachzudenken? Doch mit ihren letzten Kräften strömte der Entschluß bereits davon, bevor sie ihn gefaßt hatte.

Panikartig blickte sie um sich und entdeckte, daß das Café, in dem sie einen Kaffee getrunken hatte, auch einen Ausgang zur Straßenseite hatte. Außerdem hieß es *Café Restaurant L'Alize*. Ein Echo ihres eigenen Namens, was sie als Einladung verstand. In der Ferne konnte sie den kahlen Kopf ihres Kellners ausmachen. Der vertraute, erkennbare Fixpunkt in dieser fremden Welt trieb ihr die Tränen in die Augen. Sie öffnete die gläserne Tür, zögerte kurz, weil der Raum so verraucht war, und lief zur Bahnhofsseite hindurch. Auf ihrem kleinen runden Tisch zerpickte eine Taube gerade emsig ein Stück Brot.

«Schön, Sie wiederzusehen, Madame!»

Der Kellner begrüßte sie, während er schmutzige Teller aufeinanderstapelte. Auf ihrer Armbanduhr sah Alice, daß es halb eins, also halb zwölf, war.

«Sie werden noch Ihren Zug verpassen, Madame!» bemerkte er. «Sie leben ja noch in der Winterzeit! Und das, obwohl der Frühling schon in der Luft liegt ...»

In ihrem besten Französisch erklärte Alice ihm, daß sie zu Hause immer auf den Wecker schaue und hier eben auf die Bahnhofsuhren achten würde.

«Allez, kommen Sie, geben Sie mir mal Ihre Uhr», sagte der Ober. «Während Sie etwas von der Karte wählen, sorge ich dafür, daß es im Handumdrehen Sommer wird.»

Irgendwo in ihrem Hinterkopf fragte Jules, ob sie noch ganz bei Trost sei, ihre goldene Uhr einfach in die Hände des erstbesten Pariser Obers zu geben!

«Ich kann es mir nicht leisten, während der Arbeit mit Ihrem Schmuck davonzulaufen, Madame. Ich habe eine Frau und zwei Kinder!» lachte der Mann. Mit der Spitze seines Kugelschreibers, die er zuvor an einer Serviette abgeputzt hatte, stellte er die richtige Uhrzeit ein. «Voilà!» sagte er, klickte das feine Gliederarmband um ihr Handgelenk und tippte kurz auf die faltige Haut ihrer Hände. Danach ging er wieder seiner gewohnten Arbeit nach und nahm ihre Bestellung entgegen.

Um Punkt ein Uhr wurde ihr ein gut durchgebratenes Pfeffersteak serviert. Sie trank ein Glas Weißwein dazu und bat ihren Ober unterwürfig, ob er mit ihrem Dessert, einer *Tarte Tatin,* noch etwas warten könne.

Die Zeit verstrich. Sie las ein wenig in einer niederländischen Zeitung, die jemand auf einem Stuhl hatte liegenlassen. Eine baumlange junge Frau, die schon ein Weilchen suchend zwischen den Tischen hin und her schlenderte, sprach sie an. Sie kam aus Amsterdam und hieß trotz ihrer Länge Neeltje.

Als sie neben Alice saß, ihren überquellenden Rucksack zwischen die Knie geklemmt, erzählte sie in einem Atemzug, daß sie in Schwierigkeiten geraten sei und ob Alice nicht ein wenig Geld für ein Brötchen habe? Sie komme vor Hunger um und habe keinen einzigen Cent mehr. Wieso nicht?, dachte Alice. Ich habe heute kaum etwas ausgegeben. Sie legte einen Zehneuroschein auf die Marmortischplatte und bekam zum Dank dafür einen Kuß, der nach ungelüfteten Schlafzimmern roch.

«Kauf auch gleich eine Flasche Shampoo», schlug Alice vor. Das Mädchen tippte sich mit den Fingerspitzen gegen die Schläfe.

«Klar, Oma!» salutierte sie.

Sie stopfte die Banknote in ihre Hosentasche und schob den Rucksack mit dem Fuß unter ihren Stuhl.

«Bleiben Sie hier noch einen Moment sitzen?» wollte sie wissen. «Oder haben Sie es eilig?»

«Mein *Thalys* fährt um 18.55 Uhr.»

Es klang, als ginge sie wöchentlich auf Geschäftsreise.

«Dann fahren wir mit demselben, als hätte ich es geahnt. Wir haben also noch ein paar Stunden Zeit», beschloß Neeltje.

«Würden Sie kurz auf mein Gepäck aufpassen? Mit Ihren zehn Euro kann ich draußen zwei Brötchen kaufen und irgendwo eine Dose Cola aus dem Automaten ziehen. Hier drinnen ist es mir viel zu teuer, und mir knurrt der Magen.»

Während sie in kreisförmigen Bewegungen über ihren Bauch rieb, stieg wieder die muffige Luft von ungewaschener Kleidung auf.

«Mach nur, Kind. Ich passe in der Zwischenzeit auf deine Sachen auf», sagte Alice, die erleichtert war, dank dieser Mission einen Anlaß zu haben, noch ein wenig sitzenzubleiben.

Der kahle Ober kam auf sie zu und erkundigte sich, ob sie noch etwas wünsche oder ob sie bezahlen wolle. Seine Schicht sei zu Ende.

«Meine noch nicht», lächelte Alice. «Ich passe auf das Gepäck eines holländischen Mädchens auf.»

«Dann gebe ich Ihnen einen guten Rat», sagte der Mann. «Wenn Sie in der Ferne zwei Polizisten mit einem Hund sehen, setzen Sie sich rasch an einen anderen Tisch, und tun Sie so, als sei Ihnen der Rucksack völlig unbekannt.»

In seinen Augenwinkeln sah sie ein vages Glitzern, weshalb sie seine Worte für einen Scherz hielt. Allerdings entging ihr die Pointe.

«Wissen Sie was, bringen Sie mir bitte einfach einen Pastis, mit Eis und Wasser», sagte sie. «Jetzt, wo ich schon mal hier bin. Tee kann ich auch zu Hause trinken.»

Sie würde ihn in kleinen Schlucken genießen. Sie hatte noch drei Stunden Zeit!

Ostende

September

«Blick aufs Meer!» Höhnisch blies Alice die Worte gegen das Fenster.

Sie starrte in das triefende Grau, das konturenlos aus Strand, Wasser und Luft bestand, und zitterte in ihrem zu dünnen Morgenmantel. Es entging Esther nicht, die gerade den Kordelzug ihrer Regenkapuze unter ihrem wulstigen Kinn zu einer Schleife band.

«Vergiß bitte nicht, es ist Ende September», sagte sie, und ihr Spiegelbild bestätigte, was sie sagte. Sie drehte sich langsam um ihre Achse. Jede Silbe einzeln betonend und das Wort SEP-TEM-BER in Großbuchstaben, wiederholte sie ihren Satz.

«In circa einer Stunde scheint die Sonne. Das haben sie vorausgesagt: Wir haben noch eine ganze Woche mildes Herbstwetter vor uns. Und das werden wir jeden Tag genießen, darauf kannst du dich verlassen.»

«Zieh dich an», fügte sie noch hinzu. «Ich möchte zum Frühstück frische Brötchen und Kaffee riechen, gewiß keine Bettausdünstungen!»

Sie unterstrich ihre Worte mit einem schrillen Lachen.

Alice drückte ihre Stirn gegen die kalte Scheibe, bis sie ihre Schwester unten aus dem Hauseingang kommen sah. Esther war das einzige Lebewesen auf dem ansonsten ausgestorbenen Deich. Bevor sie zügig Richtung Bäcker marschierte, betrachtete sie forschend den grauen Himmel. Als das Apartmentfenster in Esthers Blickfeld kam, machte sie vor ihrem Gesicht eindringlich Kreisbewegungen mit ihrer rechten behandschuhten Hand.

«Jaja, ich geh' ja schon, Miss Belgien!» seufzte Alice den beschlagenen Fleck auf der Scheibe an, der dadurch noch etwas wuchs. Sie schlurfte ins Badezimmer und nahm den blaßgelben Waschlappen, auf den ein braunes A gestickt war, vom Haken. Auch die beiden Handtücher, ein gelbes für die oberen und ein orangefarbenes für die unteren Bereiche, trugen das gleiche Monogramm. Armand, Esthers vor Jahren verstorbener Ehemann, hatte ihr für diese unerwartete Urlaubswoche sein Initial hinterlassen. Sie drehte den Wasserhahn mit so viel Kraft auf, daß die Tropfen weit über die Badematte hinaus auf den Boden spritzten. Alice tupfte die Kacheln mit dem Handtuch trocken, auf dem sich ein frivoles E kringelte. Genau wie früher, wenn es ihr gelungen war, heimlich Stöcke zwischen die Speichen des Fahrrads ihrer dominanten kleinen Schwester zu stecken, beschlich sie ein Gefühl des stillen Triumphs.

Eine Stunde später – sie saßen noch gemeinsam am vollgekrümelten Tisch – bahnten sich bereits die ersten schwachen Sonnenstrahlen einen Weg durch das Grau. Zwischen Strand und Meer zeichnete sich eine bizarre Schaumgrenze ab, in der Möwen nach etwas Eßbarem suchten.

«Habe ich's dir nicht gesagt? Da hast du deine Sonne», sagte Esther.

«Ja, da hast du deine Sonne», wiederholte Alice wie ein Echo.

Esther hatte immer recht.

Nach dem Abräumen folgte der obligatorische Spaziergang, und sie erledigten ihre Besorgungen. Im Geschäft *Die Muschel* würden sie seetauglichen Belag für ihre mittägliche Brotzeit aussuchen und im *Türkischen Obstkorb* Gemüse für den heutigen Abend. Fleisch bewahrten sie in sieben luftdicht verschlossenen, etikettierten Tupperwaredosen in der Gefriertruhe auf. Darüber brauchten sie sich keine Sorgen zu machen.

«Was meinst du, Alice? Wollen wir heute abend als Vorspeise eine Honigmelone essen? Mit ein wenig Ardenner Schinken und etwas Portwein darübergeträufelt?» hörte sie ihre Schwester schon sagen, die bei den Kisten stand und in Gemüse kniff oder an Obst schnupperte. Esthers Fragen klangen immer, als würde sie noch überlegen, doch sie waren schon längst beantwortet, bevor sie überhaupt zu Ende formuliert waren. Sie spielte den Boß, und Alice nickte sklavisch zu allem. Seit Esther ihren glorreichen Einzug in die Welt gehalten und der Ehe ihrer Eltern neues Leben eingehaucht hatte, war dies die Rollenverteilung. Alice war damals gute zehn Jahre alt gewesen.

Sie hatte ihre Eltern zu Schatten ihrer selbst vergreisen sehen, nachdem ihr kleiner Bruder ertrunken war. Als sieben lange Jahre nach jenem tragischen Vorfall das neue Kind geboren wurde, nahmen ihre Eltern langsam aber sicher wieder ihre alte Gestalt an. Sie bekamen wieder eine menschliche Farbe und bewegten sich nicht länger in Zeitlupe. Einen Moment lang hatte auch Alice von diesem süßen Glück gekostet, als sie ihre Mutter singen hörte oder sah, wie ihr Vater über die Wiege gebeugt Unsinn machte. Doch sie begriff nur allzuschnell, daß sie, Alice, für ihre Eltern niemals das würde tun können, was der Neuankömmling geschafft hatte: Esther hatte ihre Eltern vor dem Untergang bewahrt und sie wieder zu neuem Leben erweckt. Sie war zugleich der Prinz auf dem Schimmel und die Prinzessin auf der Erbse. Da konnte Alice nicht mithalten. Genausowenig wie sie gegen das ertrunkene Brüderchen konkurrieren konnte, das im Alter von drei Jahren zum Helden versteinert war.

Noch bevor das neue Schwesterchen ihre ersten Schritte machen konnte, hatte Alice sich hinter einer hohen Mauer verschanzt. Daß bis zum heutigen Tag noch Bruchstücke davon erhalten waren, merkte sie immer dann, wenn sie mit Esther zusammen war.

Sie aßen Matjes mit feingehackten Zwiebeln, dazu gab es Weißbrot. Ein Zugeständnis von Esthers Seite, die auf Vollkorn schwor – wegen des «Darmtransits». Alice mußte bei diesem Wort immer an Rollfelder und die große weite Ferne denken. Sie selbst hatte allerdings auch so ihre Prinzipien: Zu Matjes gehörte Weißbrot, am liebsten getoastetes. Im Supermarkt hatten sie sich wie Kinder gezankt, aber dann doch einen Kompromiß geschlossen. Sie hatten schließlich sowohl ein kleines Weiß- als auch ein kleines Fünfkornbrot mitgenommen. Esther weigerte sich, auf ihren Nachtisch aus dunklem Brot mit etwas Süßem darauf zu verzichten. Morgen würden sie *Croque Monsieurs* essen, Toast mit Schinken und Käse überbacken.

Nach dem Mittagessen saßen sie einander an dem kleinen antiken Tisch beim Fenster gegenüber. Die blasse Sonne hatte schon ihren Zenit erreicht, und das Meer schob sich graugrün immer näher heran. In solch schwachen Momenten der Sättigung, kurz vor ihrem Mittagsschläfchen, kamen sich die beiden Frauen manchmal etwas näher, einander verbunden durch einen Hauch alter Zeiten.

Esther zog die Vase auf dem weißen Deckchen zu sich herüber.

«Weißt du noch, wie Mutter in jeder freien Minute gehäkelt hat? Als Kind verstand ich nicht, wie sie das hinbekam. Die dünne Häkelnadel – früher hieß das noch auf französisch *crochet* –, das sich kräuselnde Garn …», sagte sie eher zu sich selbst als zu ihrer Schwester.

«Die großen Exemplare liegen noch immer über meinen Sesseln, als Schonbezug.»

Natürlich wußte es Alice noch.

Gemeinsam ließen sie die Erinnerung an ihre Mutter wieder hochkommen, an deren Witwenjahre, die sie so verbittert werden ließen.

«Nun sind wir an der Reihe», sinnierte Esther. «Aber ich habe mir seit jeher vorgenommen, meinen Kindern niemals ein solcher Tyrann zu sein, wie sie es war.»

«Und? Ist es dir gelungen?» erkundigte sich Alice scheinheilig.

«Wenn du nicht aufpaßt, wirst du noch ihr Ebenbild, Fräulein Rühr-mich-nicht-an», reagierte Esther bissig. Das war der Spitzname, den ihre Mutter der übersensiblen Alice gegeben hatte und der auch heute noch zutreffend war. «Es fehlt nicht mehr viel.»

Esther schloß die Augen und stellte sich schlafend, doch an den angespannten Falten um ihren Mund sowie dem pulsierenden Hals erkannte Alice, daß sie in Wirklichkeit hellwach war. Der Anblick erinnerte sie lebhaft an eine klassische Szene aus ihrem eigenen Eheleben: Jules hatte immer recht gehabt. Und wenn er einmal nicht recht bekam, zog auch er sich, hartnäckig schweigend, aus dem Streit zurück.

Sie vermißte Jules' Rechthaberei und auch seine

Ruhe. Auf einmal wünschte sie sich sehr, zu Hause zu sein, dort, wo sich sein Schatten in allen Ecken der Zimmer eingenistet hatte.

Sie betrachtete forschend das Gesicht ihrer Schwester; Esther atmete nun schwerer und war anscheinend doch kurz ein paar Minuten ins Land des Vergessens abgetaucht. Die dicken Wangen, ihr Doppelkinn über dem Busen, auf dem eine Perle schimmerte – all das zeugte von einem reichen Leben. Armands Vergötterung seiner Frau hatte sich in Geld und Kalorien ausgedrückt. Er hatte einen goldenen Teppich vor ihr ausgebreitet, ihr viele Türen geöffnet und sie «meine Estrella» genannt – sogar in der Öffentlichkeit.

Esther war unter einem guten Stern geboren: Von einer kleinen Prinzessin war sie zu einer Königin herangewachsen, die Krone auf Armands Dasein. Aber dann hatten sich seine Adern verstopft, und sein Herz hatte aufgehört zu schlagen.

Die beiden Schwestern hatten einander seit Jahren nicht mehr gesehen. Es war zwar zu keinem Streit gekommen, doch es gab auch nichts, das die beiden miteinander verband. Auf Armands Begräbnis hatte Alice zum ersten Mal einen Anflug von Mitleid mit Esther verspürt, die ununterbrochen nein-nein-nein vor sich hin murmelte, während sie ihren Kopf langsam hin und her bewegte, als wolle sie ihr Schicksal von sich abschütteln. Danach hatten sie sich noch drei-, viermal getroffen, bis sie sich schließlich wieder in ihren eigenen Welten verschanzten.

Auf Jules' Beerdigung – fast acht Jahre nach Armands – sahen die Schwestern einander wieder. Der Kummer hatte zwar an Esthers Seele, aber gewiß nicht an ihrem Fleisch genagt. Alice erstickte beinahe in den üppigen Fleischfalten, als sie einander umarmten. Sie rang nach Atem, nachdem sie sich aus der beklemmenden Umarmung befreit hatte. Da sie nun beide Witwen waren und somit Schicksalsgenossinnen, mußten sie sich ein wenig umeinander kümmern. Feierlich versprachen sie es – wie richtige Schwestern. Betäubt von ihrem eigenen Schmerz, hatte Alice nur ja-ja-ja genickt. Was sie mit diesem Ja eigentlich bestätigte, entging ihr in jenem Augenblick völlig.

Bis Esther sie in ihre Ferienwohnung mit Blick aufs Meer einlud. Für eine Woche oder so. Es würde ihnen beiden guttun.

Ganze eineinhalb Jahre war es Alice gelungen, Ausflüchte zu finden, bevor sie schließlich doch zusagte. Und ihr Ja gab sie eher, um den ewigen Fragen ein Ende zu machen, als aus einem wirklichen Bedürfnis heraus. Daß sie jetzt hier saß, in diesem ungemütlichen kleinen Stuhl mit gekrümmten Löwenklauen und goldgelbem Samtbezug, hatte sie der Dickköpfigkeit ihrer Schwester zu verdanken und der ihres Sohnes, der sie während seiner Arbeitszeit mit dem Auto nach Ostende gefahren hatte.

«Tante Esther hat recht, du mußt einmal raus aus deinen vier Wänden», fand auch Herman. Und um seinen und Esthers Worten Nachdruck zu verleihen, hatte er ihr sogar einen kleinen Rollkoffer geschenkt. Gegen ein solches Komplott konnte Alice nichts ausrichten. Also war sie gefahren.

«Hast du geschlafen?» fragte Esther, die ebenso plötzlich aus ihrem Nickerchen erwachte, wie sie eingenickt war.

«Ganz kurz, glaube ich», log Alice.

Ihre Worte prallten an Esthers Rücken ab, denn sie war schon aufgestanden, bereit für den nächsten Punkt auf der Tagesordnung: den Nachmittagsspaziergang.

Alice spürte, wie die Kälte des Wassers ihre Beine hinaufkroch und sich einen Weg durch ihren ganzen Körper bahnte. Bei Luftfeuchtigkeit wurden ihre Glieder unwillig und ihr Geist widerspenstig.

«Ich kann nicht mehr», klagte sie schon nach einem halben Kilometer.

Eine steife Brise nahm ihr den Atem. Sie flüchtete in den Torbogen zum Café *Der Eisbär* und drückte, ohne weiter nachzudenken, die Tür auf. Eine nach Vanille duftende Wärme schlug ihnen entgegen.

«Aber wir sind doch gerade erst losgegangen! Ein bißchen Bewegung wird uns guttun. Los, komm, laß uns noch bis zur Reiterstatue von König Leopold weitergehen. Und unser Täßchen Kaffee trinken wir dann auf dem Rückweg», protestierte Esther aus purer Gewohnheit. Starrköpfig blieb sie vor dem Eingang stehen. Sie mußte sich regelrecht gegen den Wind stemmen. Alice hörte – eingebettet in das Tosen des Meeres –, wie ihnen die Synthetikhosen um die Beine schlugen.

«Dann geh doch ohne mich. Wir kommen keinen Schritt vorwärts, und ich bin ganz steif vor Kälte. Das ist kein Herbstwetter, das ist ein tosender Sturm!» behauptete Alice entschlossen.

«Tür zu, die Damen, rein oder raus, aber nicht

 beides gleichzeitig!» rief eine schmächtige Kellnerin.

Esther gab sich geschlagen und betrat nun auch die süße Oase. Sie nahmen an einem freien Tisch am Fenster Platz und nickten den Freundinnen im Doppelpack sowie älteren Ehepaaren, die sie immer wieder im Kreis der noch geöffneten Lokale trafen, freundlich zu. Sie bestellten beide einen Pfannkuchen mit Zucker und gebackenen Apfelringen. Esther schwor auf Kaffee, Alice nahm einen Tee mit Zitrone. Langsam wurde ihnen wieder warm, also plauderten sie ein bißchen: über die anderen Gäste, über den Hund, der seinem Herrchen ein Stück Waffel mit Sahne abspenstig machte, über die spärlichen Spaziergänger am Strand.

«Die Saison ist vorbei», faßte Alice das trostlose Grau draußen und die gedämpften Stimmen drinnen zusammen.

«Ich fürchte, unsere Saison ist auch vorbei», lächelte Esther. «Aus und vorbei.»

«Bist du ausgeruht?» erkundigte sie sich für ihre Verhältnisse milde, nachdem Stille eingetreten war. «Sollen wir gehen?»

«Ja», sagte Alice. «Dann sind wir zurück, bevor es dunkel wird. Genau wie früher.»

Sobald sie im Freien waren, reichten sie einander die Arme und zankten darüber, wer sich bei wem einhaken sollte. Der Wind blies sie in weniger als zehn Minuten zu dem mehrstöckigen Apartmenthaus zurück. Sie waren froh, daß sie sitzen konnten, sagten sie drinnen zueinander. Sie fanden, ihr Gläschen Portwein, das Esther großzügig bis zum Goldrand einschenkte, hätten sie sich verdient.

Allmählich rückte die blaue Stunde vom Meer aus näher. Die beiden Frauen badeten sich in dem wohlig warmen Gefühl und glichen wieder den kleinen Mädchen, die sie früher gewesen waren. Schwesterlein. Es gab niemanden mehr auf der Welt, den sie so lange kannten, wie sie einander kannten. Tagsüber stießen sie einander ab und drangsalierten sich mit ihren Gegensätzen. Abends flossen sie von selbst ineinander über.

Sie aßen je einen Rollmops und erledigten gemeinsam den Abwasch. Anschließend schauten sie abwechselnd auf den Fernseher und nach den Irrlichtern über dem Meer. Um halb zehn war es Zeit für ihr Betthupferl, nach Esthers bewährtem Rezept. Auf den Boden zweier großer, kugelförmiger Gläser gab sie einen zähflüssigen Schuß blutroten Johannisbeersirup; dann füllte sie die Gläser mit einem dunklen Trappistenbier auf. Sie tranken, lachten jeweils über den Schaumbart der anderen und überlegten, was sie morgen tun würden. Zwar würde ihr Programm nicht von dem der drei vorangegangenen oder dem der drei noch folgenden Tage abweichen, doch über all ihre festgelegten Rituale und Muster zu sprechen, gab ihnen ein Gefühl der Sicherheit. Sie hatten ihr Leben in den eigenen Händen.

Als ihr Glas halb leer war, ging Alice ins Bad, um ihr Nachthemd und ihren Morgenrock anzuziehen. Der Alkohol stieg ihr immer schnell zu Kopf. Am ersten Abend hatte sie, durstig von dem Verzehr einer salzigen Scholle, ihr Bier viel zu schnell geleert. In ihrem vom gesprenkelten Himmel beflügelten Rausch hatte sie ihre Schwester Estrella genannt. Der Kosename, der eigentlich Armand vorbehalten war, war ihr versehentlich rausgerutscht. Esthers Augen füllten sich und liefen über. Auf einen Schlag nüchtern, beschloß Alice, daß sie ihren Trappisten am nächsten Abend in zwei Etappen austrinken würde, in der Hoffnung, damit das Risiko sentimentaler Verwicklungen zu beschränken.

Die Schwestern lagen nebeneinander in Esthers Ehebett. Alice, gewohnt von der Teemützenwärme ihres Federbetts umhüllt zu werden, fror unter der blauen Decke. Esther spottete noch beleidigt, es sei eine echte *Solemio*, wie sie heute nicht mehr hergestellt würde, und schlummerte innerhalb weniger Sekunden ein. Alice jedoch suchte bibbernd den Trost eines sie umgebenden Nestes und konnte keinen Schlaf finden. Manchmal schob sie sich etwas näher an den massigen Körper ihrer Schwester heran, der sich aber bei der leisesten Berührung in ein Knäuel aus Fangarmen verwandelte, weshalb Alice wieder auf ihre kalte Insel am hölzernen Bettrand flüchtete.

Sie knipste die kleine Stehlampe neben dem Bett an und schlich ins Badezimmer. Esther schmatzte kurz, als sauge sie das letzte Restchen Schaum von den Lippen, aber sie wachte nicht auf. Auch dann nicht, als Alice wenige Minuten später wieder ins Bett kroch, ihre Strickweste über dem Flanellnachthemd und an den Füßen ein Paar von Jules' alten Socken, die sie für alle Fälle mitgenommen hatte. Sie legte sich mucksmäuschenstill auf ihre rechte Seite und wartete darauf, daß der Schlaf sie erlösen käme.

«Es ist schon nach acht.»

Esther machte Anstalten aufzustehen. Das Morgenlicht fiel auf ihr Gesicht. Alice streckte ihren linken Arm unter der Decke hervor und legte ihrer Schwester die Hand auf die Schulter.

«Ich gehe heute mittag nicht mit, Esther», fiel sie gleich mit der Tür ins Haus. «Meine Beine … ich habe mich gestern überanstrengt. Aber ich will dir nicht zur Last fallen. Wieso gehst du nicht allein spazieren? Anschließend treffen wir uns im *Eisbär*. Dann hast du deine Bewegung gehabt und ich meine Ruhe. Ich bin schließlich zehn Jahre älter als du.»

Für ihren vom Schlaf noch trockenen Mund war das eine ziemlich lange Rede. Sie hörte, wie Esther schnaubend durch ihre Nase ausatmete, bevor sie antwortete.

«Ich bin der Meinung, du solltest dich nicht so gehenlassen. Wie kannst du denn jetzt schon wissen, daß deine Beine heute mittag nicht wollen?» sagte sie, und ließ eine vielsagende Stille folgen. «Ich sage gleich noch Bescheid, bevor ich zum Bäkker gehe. Dann kannst du dafür sorgen, daß du zum Frühstück angezogen bist.»

Das Bett vibrierte leicht, als Esther mit nackten Füßen ins Badezimmer polterte. Alice rutschte auf

die linke Seite, wo die Wärme sie gleich umfing.
«*O sole mio*», summte sie mit geschlossenen Lippen. Sie lächelte, weil sie das Reich eine halbe Stunde lang für sich allein hatte.

In den folgenden Stunden war Alice so kompromißbereit, daß es Esther auffiel. Als der Vormittag halb vorüber war, spazierte sie bereitwillig mit bis zum *Türkischen Obstkorb*, sagte, sie finde Porree bei diesem Wetter eine ausgezeichnete Idee. Vorgeschnitten und kochfertig müsse er sein, denn sie wollten im Urlaub ihre Zeit nicht mit Kochen verbringen. Als Nachtisch wählte und bezahlte sie vier mattblaue Pflaumen.

Mittags aß sie ohne Murren altbackenes dunkles Brot, und als jede an ihrer Seite des kleinen Tisches saß, pries sie die Herbstsonne. Esther blickte ihre Schwester argwöhnisch an. Doch dann fielen ihr langsam die Augen zu.

«Genauso hast du früher auch geschlafen, als Baby», sagte Alice sanft. Reflexartig zuckte Esther ganz kurz mit den Lidern und seufzte. Anschließend sank sie wieder in eine entspannte Tiefe, die Lippen halb geöffnet, die Hände auf ihrem Bauch ineinandergelegt.

 In ihrem eigenen gedämpften Niemandsland zwischen Wachen und Schlafen sah Alice ihre Mutter auftauchen: jung, vom Leben gezeichnet und mit diesem seltsam runden Bauch, der in ein Kleid gezwängt war. «Vom vielen Essen», sagte sie, wenn Alice danach fragte. Manchmal legte sie ihre Kinderhand auf die Rundung und spürte, wie die Bratkartoffeln und die Kommißkekse unter ihrer Berührung aufsprangen. Sie erinnerte sich plötzlich haargenau, wie sie eines Nachmittags von der Schule kam: Der Schulranzen schlug ihr gegen die Storchenbeine. Alice sah, daß das große schwarze Fahrrad vom Doktor an der Hauswand lehnte. Sie hoffte, ihr Vater habe keinen Bronchitisanfall, ängstlich, wie sie wegen seines bellenden Hustens war. Germaine, die Nachbarin von gegenüber, las sie von der Straße auf, noch bevor sie die Zugstange der Hausklingel hatte ergreifen können. Alice erinnerte sich sogar daran, daß sie in der grüngekachelten Küche einen Teller Erbsensuppe gegessen hatte, was sie sehr befremdet hatte, da sie bisher noch nie bei irgendwelchen Nachbarn im Haus gewesen war. Sie fühlte, wie sich die Angst, die immer irgendwo tief in ihrem Inneren verborgen war, aus ihrer Kehle befreien wollte. Etwas Geheimnisvolles hatte zwischen der Wäsche auf der

Leine gehangen. Etwas von der Art, wie an jenem Tag, als ihr kleiner Bruder ertrunken war. Ohne Umschweife hatte die kleine Alice Germaine gefragt, ob ihre Mutter tot sei. Erst danach war sie in Tränen ausgebrochen.

«Nicht doch, nicht doch, Kindchen ...», schüttelte Germaine den Kopf. Bevor sie erklären konnte, warum Alice bei ihr Suppe essen mußte, anstatt zu Hause bei ihrer Mutter ihre Schulaufgaben zu machen, klingelte es an der Tür. Wenig später stand ihr Vater in der Küche. Er hatte feuchte Augen und Lachfältchen.

«Ein Mädchen», hatte er mit ungewohnter, sich überschlagender Stimme gesagt. Er hob seine Tochter in die Luft, und als wüßte sie noch nicht, daß sie ein Mädchen war, hatte er es ihr weitere Male nachdrücklich ins Ohr geblasen. Sein Atem roch nach Schnaps.

«Ein Mädchen, es ist ein Mädchen. Und alles ist gutgegangen.» Auch Germaine fing an, Blödsinn zu reden, denn sie erkundigte sich, wie sie denn heißen würde. Als ob sie das nicht wüßte!

«Ich heiße Alice. Oder haben Sie das vielleicht vergessen?» lachte Alice, nun ihrerseits von all der ausgelassenen Fröhlichkeit um sie herum angesteckt.

«Aber nein, Kindchen, hast du's noch nicht verstanden? Du hast ein Schwesterchen bekommen. Und sie heißt Esther, Es-tère … hat dein Vater gerade gesagt. Komm, wir gehen sie bewundern und deiner Mutter gratulieren. Ich nehme etwas von meiner Suppe für sie mit, denn sie hat sich mächtig angestrengt.»

Alice hatte es nie vergessen: wie sie verschüchtert das Schlafzimmer ihrer Eltern betreten und ihre Mutter im Bett vorgefunden hatte. Halb liegend, halb sitzend, ein weißes Tuch in den Armen, aus dem Vogelpiepsen aufstieg. Ein Schwesterchen! Alice konnte es nicht begreifen. «Jetzt wird alles wieder gut», hatte ihre Mutter ihr zugeflüstert. Das war die größte Lüge, die Alice in ihrem ganzen Kinderleben gehört hatte.

Sie blieb dabei: Sie würde nicht mit spazierengehen. Als Esther beschloß, sie selbst könne auch einmal einen Mittag auslassen, statt dessen könne sie zum Beispiel kurz zum Bäcker gehen und etwas Leckeres für zu Hause holen, fuhr Alice auf.

«Du brauchst doch deine Bewegung», sagte sie mit Blick auf die Uhr im Wandschrank. «Wenn du zu Hause bleibst, fühle ich mich schuldig. Es ist jetzt fast drei Uhr. Mach du ruhig einen ordentlichen

Spaziergang, während ich hier etwas lese. Um vier Uhr treffen wir uns im *Eisbär.* Ich glaube, ich nehme heute mal eine Waffel.»

Sie ging in den Flur, um einen wetterfesten Mantel aus dem Schrank zu holen. Esther, dick eingepackt für ihre Portion Meeresluft, musterte ihre Schwester.

«Man könnte fast meinen, du willst mich loswerden!» sagte sie.

Alice lachte. Es klang nervös.

«Wie kommst du bloß darauf? Ich habe mich gestern einfach überanstrengt, das ist alles.»

Sie gab Esther einen eiligen Kuß, bevor diese in den Aufzug stieg.

«Also bis später.»

Esther hielt erstaunt eine Hand an ihre Wange.

Alice schwieg.

Sie drückte die Nase gegen das Fenster, sah unten jedoch niemanden. Esther war sicher in eines dieser Kleidergeschäfte gegangen, die von eifrigen Pakistani betrieben wurden, um in den Regalen voll billiger Pullover und Röcke herumzustöbern. Sie kaufte dort nie etwas. Sich umschauen und kritisieren tat sie dafür um so lieber.

Beherzt ging Alice ins Schlafzimmer. Sie legte

 ihren Koffer aufs Bett, zog die Tür ihrer Schrankhälfte auf. Innerhalb weniger Minuten hatte sie ihre Kleidung zusammengelegt. Im Badezimmer warf sie die Handtücher mit einem A darauf in den Wäschekorb und räumte ihren Kulturbeutel ein. Die Waschlappen legte sie zum Trocknen auf den schmalen Heizkörper.

Alice schaute sich noch einmal um, entdeckte ihr Nachthemd am Haken hinter der Badezimmertür. Sie machte den Reißverschluß ihres Koffers zu. Bevor sie den Wäscheschrank schloß, tippte sie kurz gegen die leeren Kleiderbügel, die an der Metallstange hingen. Das klirrende Glockenspiel klang noch in ihr nach, während sie einen Brief schrieb. Den Text hatte sie sich bereits gestern abend im Bett überlegt.

Liebe Esther!

Vielen Dank für alles, ich werde es nie vergessen. Aber ich möchte nach Hause. Mit jemandem zusammenzusein, selbst wenn es die eigene Schwester ist, macht mich ganz einsam.

Ich werde heute abend kurz durchklingeln, um zu sagen, daß ich gut zu Hause angekommen bin. Ich nehme den Zug um dreizehn vor vier. Sei mir bitte nicht böse!

Ich hoffe, Du hast nicht zu lange im Eisbär *gesessen und Dir Sorgen um mich gemacht.*

Alice

Auf der Straße angekommen, atmete sie befreit die kalte Herbstluft ein und marschierte strammen Schrittes los. Ihr kleiner Rollkoffer folgte ihr wie ein treuer Hund. Sie schaute sich kein einziges Mal um.

Antwerpen

März

Auf dem Parkplatz hinter dem Mietshaus wusch Fräulein Demesmaecker gerade ihr Auto. Sie seifte es behutsam mit langsamen Kreisbewegungen ein, als handelte es sich um ihr Kind. Von ihrem Fenster im sechsten Stock aus folgte Alice dem Schauspiel mit halb zugekniffenen Augen. Sie fragte sich, woran sie die Farbe des betagten Datsuns erinnerte, jetzt, da ihm die Herbstsonne zusammen mit den Spuren der Feuchtigkeit einen öligen Glanz verlieh. Erdnußbutter, fiel es ihr plötzlich ein: Erdnußbutter. Jules und sie brachten manchmal so ein Glas *Calvé, cremig bis auf den Grund*, aus Zundert oder Roosendaal mit. Ihre Tagesausflüge über die niederländische Grenze endeten meist mit einem Besuch im Supermarkt, wo sie sich mit einem kleinen Vorrat an Exotika eindeckten. Krupuk, Anisstreusel als Brotbelag oder Schweinerouladen, *blinde*

Finken genannt, die Jules zufolge bei den Nachbarn aus dem Norden viel blinder waren als bei ihrem eigenen Metzger – und sogar ein bißchen taub. Jedenfalls schmeckten sie dort viel saftiger als zu Hause. *De Gruyter* hießen die Supermärkte früher, später wurde es *André Heyn*. Oder war es *Albert*?

Alice zwang ihre immer wieder in die Vergangenheit abschweifenden Gedanken ins Hier und Jetzt zurück. Sie verfolgte jede Bewegung dort unten: die Hände, die den runden Schwamm wie eine Bowlingkugel umschlossen, die letzten Tropfen Seifenlauge, die herausgepreßt wurden. Nach der Einseifrunde verschwand die Nachbarin aus ihrem Blickfeld. In ungefähr drei Minuten würde Phase zwei eingeläutet werden: das Nachspülen mit zwei Eimern klaren Wassers.

Fräulein Demesmaecker und Alice waren im Abstand von einem Jahr alleinstehende Frauen geworden. Das hatte ihnen zeitweise ein Gefühl der Verbundenheit gegeben. Ein dreiviertel Jahr nachdem Jules so plötzlich aus Alice' Leben verschwunden war, hatte Fräulein Demesmaeckers Mutter ihren letzten Atem ausgehaucht, zusammen mit der kleinen Kerze auf dem Kuchen anläßlich ihres achtundneunzigsten Geburtstags. Ein schöner, feierlicher Tod, zugegeben. Von einer Minute auf die andere saß die alte Dame leblos in ihrem mit Krepp- papierblumen verzierten Sessel, eine rosafarbene Serviettenspitze steckte in der Kragenöffnung ihrer weißen Bluse. Erst als der Arzt eintraf, war die von der Anstrengung des Blasens verursachte Röte aus ihren Wangen gewichen.

Wie ein Lauffeuer machte die Geschichte die Runde durch das Mietshaus, das in Mutter Demesmaecker seine graue Eminenz verloren hatte. Einen Tag nach diesem Ereignis hatte Alice sich ein Herz gefaßt und bei Fräulein Demesmaecker geklingelt. Sie hatte ihr erzählt, wie sie unter fast identischen Umständen ihren Mann verloren hatte. Wie die Kaffeemaschine gespuckt und sie in den Schnee hinausgeschaut hatte, ohne sich dessen bewußt zu sein, daß sie in jenem Augenblick bereits Witwe war.

«Den Kaffee hatte er notabene selbst gemacht! So wie jeden Morgen, um acht Uhr. Als ich im Morgenmantel ins Wohnzimmer kam, saß Jules tot im Sessel. Ich kann es immer noch nicht fassen», sagte sie in erster Linie zu sich selbst. In diesem Augenblick waren die beiden Frauen Schicksalsgenossinnen und Verschwörerinnen geworden. Fräulein Demesmaecker hatte Alice ein winziges Stück vom Kuchen angeboten, der noch unberührt im Kühlschrank stand. Ein kleiner Krater inmitten der Sahne erinnerte an die wegen besonderer familiärer Umstände diskret entfernte Geburtstagskerze.

Seit jenem Tag hatten sie sich wie zwei Ertrinkende aneinander geklammert. Sie hatten sogar Versuche unternommen, richtige Freundinnen zu werden, doch das hatte nicht funktioniert. Dazu waren sie zu unterschiedlich und nicht mehr in der Lage, sich zu ändern. Fräulein Demesmaecker war es gewohnt, sich gegenüber ihrer anspruchsvollen Mutter behaupten zu müssen, und würde ihr Leben lang gespannt bleiben wie ein Bogen, während Alice, die sich jahrelang Jules' Wünschen gefügt hatte, die Knicke und Falten auf ihrer Seele nie mehr ausgebügelt bekam. Die beiden Frauen waren zu alt und starr geworden für eine neue Freundschaft. Sie erstickten einander in der plötzlich aufgeflammten Verbundenheit und übertrafen sich gegenseitig in der Beteuerung ihres Verlusts.

Fräulein Demesmaecker hatte Alice angeboten, wöchentlich mit ihr zum Supermarkt – wohlgemerkt *ihrem* – zu fahren, unter strikten und von ihr gestellten Bedingungen. Vor dem Eingang des Mietshauses stiegen sie immer dienstags pünktlich um zehn Uhr gemeinsam in den Datsun. Im Geschäft aber lenkte jede ihren eigenen Wagen, folgten die Frauen ihrer eigenen Route. Man verabredete sich am Anschlagbrett hinter Kasse 2, wenn alles bezahlt und in den Einkaufstaschen verstaut war.

Später gab es gemeinsame Fahrten zum Friedhof, wo ihre geliebten Verstorbenen – nur wenige Parzellen voneinander entfernt – Nachbarn für die Ewigkeit geworden waren. Alice war ihrer Fahrerin dankbar. Ohne sie würde sie sich nicht mehr zum Friedhof schleppen können, denn ihre Beine schmerzten manchmal so sehr und waren derart geschwollen, daß sie sie kaum bis in die Küche trugen.

Eines trüben Mittags im Frühjahr, nach ihrer vierten oder fünften Totenfahrt, war es auf einmal vorbei mit der Freundschaft oder wie auch immer man es nennen wollte. Fräulein Demesmaecker stand schon einundzwanzig Minuten lang bibbernd am Fußende der Parzelle und wartete auf Alice, die aus der Ferne herangeschlurft kam. Sie sprachen eine ganze Weile nicht, als sie wieder im Auto saßen. Vor angespannter Stille beschlugen die Fenster. Nachdem sie schnaufend eingeatmet hatte, ergriff Fräulein Demesmaecker schließlich das Wort: «Vielleicht wäre es an der Zeit, einmal über ein Heim nachzudenken.»

Alice' Herz schlug gegen ihren Brustkorb. «Verzeihung, Fräulein Demesmaecker, aber darüber entscheide immer noch ich selbst. Ich bin schließlich nicht Ihre Mutter.»

«Und ich nicht Ihr Mann, den Sie eine halbe Stunde im Regen stehenlassen können. Ich fühle jetzt schon, daß ich morgen eine Erkältung haben werde!»

Das waren die letzten Worte, die sie miteinander gewechselt hatten. Monatelang waren sie daraufhin einander ausgewichen. Alice ging, wenn ihre unwilligen Beine es zuließen, zu dem kleinen Supermarkt um die Ecke. Manchmal nahmen ihr Sohn oder die Schwiegertochter sie mit zu Jules' Grab. Ansonsten kam sie kaum noch vor die Tür. Begegnete sie Fräulein Demesmaecker zufällig im Aufzug oder im Flur, glaubte sie, Schadenfreude in ihrem Gesicht zu erkennen. Der Tod ihrer Mutter hatte ihr Freiheit geschenkt, während Jules' Sterben Alice zu einer Gefangenen ihrer eigenen vier Wände gemacht hatte. Der Unterschied zwischen den beiden Frauen war größer als ihre Gemeinsamkeiten.

Über all dies dachte Alice nach, während sie das eingeseifte Auto anstarrte. Da bekam sie eine Eingebung. Aus einem Impuls heraus band sie sich ihren Schal um, zog ihren Wintermantel an und griff sich ihre schwarze Lackhandtasche. Eine unsichtbare Hand schob sie zur Tür. Sie würde die Straßenbahn nehmen und in die Stadt fahren. An der Endhaltestelle machte die Bahn eine Schleife: Sie könnte für den Rückweg einfach sitzen bleiben. Der Drang, ihrer Gefangenschaft für einen Moment zu entkommen, trieb sie nach draußen. Alice hatte plötzlich das Bedürfnis, Fräulein Demesmaecker zu beweisen, daß sie weder auf sie noch auf ihr uraltes Auto angewiesen war.

Unten in der Eingangshalle mußte sie nur einen Augenblick bei den Briefkästen zögern, bevor Fräulein Demesmaecker mit ihrem zweiten Eimer Spülwasser ankam. «Guten Morgen!» sagte sie. «Ist die Waschstraße heute geschlossen? Aber es geht natürlich nichts über Handarbeit!»

Erhobenen Hauptes ging sie am Erdnußbutterauto vorbei, wobei sie demonstrativ den Pfützen mit Schaumkragen auswich.

«Stimmt genau. Und selbst, unterwegs?» erkundigte sich ihre Nachbarin.

«Ich muß kurz in der Stadt etwas besorgen.» Es

 klang, als sei es die normalste Sache der Welt und ihr täglich Brot. Daß Alice schon jetzt müde war und am liebsten gleich wieder umgekehrt wäre, ließ sie sich nicht anmerken.

Da kam die Bahn schon angefahren, und Alice stieg durch die Vordertür ein. Ihre Knochen krachten, und ein kalter, stechender Schmerz fuhr ihr in den Rücken. Die Straßenbahn, mit einer stämmigen Frau als Fahrerin, setzte sich wieder in Bewegung, noch bevor ihre Fahrkarte piepend aus dem Automaten sprang. Sie wurde durch den Gang geschoben, und zwei türkische oder marokkanische Männer – der Unterschied würde ihr wahrscheinlich nie klarwerden – mit beeindruckenden Bärten umhüllten sie mit ihren Armen und Knoblauchgerüchen. Sie wurde auf einen Einzelsitz plaziert, damit sie nicht hinfiel.

«Merci, vielen Dank!» sagte sie zu ihren Rettern, die sie keines Blickes mehr würdigten. Es dauerte zwei, drei Haltestellen, bevor ihre Beine zu zittern aufhörten, und sie merkte, wo sie sich befand. *Das Ökohaus*, las sie durch einen Vorhang aus Wasser hindurch. Sie hatte darüber in der Zeitung gelesen. Hatte das nicht was mit der Umwelt zu tun? Dann sollte ihr aber einmal jemand erklären, wozu all dieses Wasser gut war, das wahrscheinlich den lieben langen Tag floß, während sich das sparsame Fräulein Demesmaecker mit ihren beiden Eimern Lauge und den zwei Eimern Spülwasser abmühte.

Früher stand an dieser Stelle die *Wollmühle*, ein Vorläufer von *C&A*. Alice lächelte, als Tante Mylène in ihrer Erinnerung vorbeilief. Ihre schicke Tante, die reich geheiratet und seitdem auf den Rest der Familie herabgeblickt hatte, kaufte in der *Wollmühle* für Onkel Gustaaf einen Wintermantel oder Dreiteiler, trennte das Etikett heraus und nähte statt dessen eines aus dem exklusiven Herrenmodegeschäft *Butch* in der Kaiserallee ein. Die *Butch*-Etiketten hatte sie nach dem Tod ihres Schwiegervaters aus dessen gesamter Kleidung herausgetrennt. Ihren kleinen Vorrat bewahrte sie, von einem Gummibändchen zusammengehalten, auf dem Boden ihres aufklappbaren Nähkästchens auf. Alice hatte es mit eigenen Augen gesehen, als sie als kleines Mädchen mit der Knopfschachtel von Tante Mylène spielen durfte, während die Erwachsenen um den Tisch saßen, die Frauen bei einem Eierlikör und die Männer bei Schnaps und Zigarre. Es waren genügend Etiketten da, um ein ganzes Eheleben lang den schönen Schein aufrechtzuerhalten.

An der Haltestelle *Gemeindestraße* fand ein richtiger Passagierwechsel statt. Als sich die Straßenbahn wieder in Bewegung setzte, wurde eine schwangere Frau bis kurz vor Alice katapultiert. Das neue Leben befand sich nur zwanzig Zentimeter vor ihrer Nase. Sie griff die Stange ihres Vordersitzes und zog sich hoch.

«Bitte, setzen Sie sich doch. In Ihrem Zustand …», sagte sie zu der zukünftigen Mutter, die beunruhigend jung aussah.

«Aber nein, vielen Dank!» lachte das Mädchen und streckte eine beschwörende Hand aus. «Ich glaube, daß Sie in Ihrem Zustand viel eher einen Sitzplatz brauchen als ich.»

«In meinem Zustand?» fragte Alice.

«In Ihrem Alter», versuchte sie es.

Bevor Alice herausgefunden hatte, ob das jetzt unverschämt oder gerade besonders höflich war, verschwand der Bauch auch schon wieder aus ihrer Sichtweite.

Die alte Eisenbrücke sorgte für eine kleine Sonnenfinsternis, die leere Bibliothek weiter vorn für ein wehmütiges Déjà-vu-Erlebnis. Wie oft war Jules kurz mit der Bahn zur Bücherei gefahren, während sie solch ein Stündchen des Alleinseins genossen hatte! Jules und seine Bücher … Sie dachte noch daran, als die Bahn eine große Schleife drehte und sich auf den Rückweg machte.

Am *Welthandel* stieg eine dunkelhäutige Familie mit Kinderwagen ein. Alice versuchte, sich um ein kleines Mädchen zu kümmern, das sich aus der Schar Nachkommen gelöst hatte, denn sie fürchtete, es könne hinfallen, sobald die Bahn wieder anfuhr.

«Komm mal her!» sagte sie mit verschwörerischem Lächeln in Richtung Mutter, während sie ihren Arm wie eine Schranke vor dem Kind herabließ. Es duckte sich und glitt unter der Schranke hindurch.

«Die Menschen wollen heutzutage nicht mehr, daß man ihnen hilft», beklagte sich Alice bei einem Mann mittleren Alters, der an ihr vorbeiging.

Zu ihrer Rechten tauchte schon wieder der Bahnhof auf. Der Schmelztiegel aus Menschen, Gerüchen, heruntergekommenen Geschäften mit Schaufenstern voll Ramschwaren, die Geräusche ungeduldig klingelnder Straßenbahnen und Handys, die um Aufmerksamkeit sangen und piepten ... Das alles überrollte Alice, sie war auf einmal todmüde. Eine Haltestelle bevor sie aussteigen mußte, stand sie schon auf, damit ihre Beine sich wieder an die Vertikale gewöhnen konnten. In der letzten Kurve hielt sie sich an der Stange fest, spürte, wie sich feine Tröpfchen an ihrem Haaransatz bildeten. Glücklicherweise stieg vor ihr eine dicke Afrikanerin aus, die abwartete, bis auch Alice sicher ausgestiegen war. Weil sie das Gefühl hatte, daß ihre Beine sie gleich im Stich lassen würden, blieb sie kurz stehen, um zu Atem zu kommen. In der Ferne sah sie das erdnußbutterfarbene Auto in der Sonne glänzen. Fräulein Demesmaecker stand darübergebeugt und bastelte konzentriert an ihren Scheibenwischern herum. Deshalb merkte sie gar nicht, daß Alice wie ein Dieb in der Nacht vorbeischlich und im Hauseingang verschwand. Seit ihrem Aufbruch war weniger als eine halbe Stunde vergangen. Im Aufzug holte sie tief Luft. Ihr ganzer Körper tat weh. Sie legte sich im Mantel aufs Bett.

Alice träumte: Sie war ungefähr sechzehn Jahre alt, sprang auf die hintere Plattform der Straßenbahn und blieb mit ihren Absätzen zwischen den Bodenplanken stecken. In der Tasche ihres Sommerrocks klimperten vier Münzen zu je einem Belgischen Franken, dem damaligen Preis für eine Fahrt. Es war ein Tagtraum, denn sie schlief nicht.

Benidorm

Mai

Mit gierigen Fingern riß Alice wieder einen neuen Tag ab. Es war ein genialer Einfall ihrer Schwiegertochter Aimée gewesen, den mit Alice' Krakelschrift vollgeschmierten Kalender durch ein Exemplar zu ersetzen, auf dem stets nur eine Ziffer, ein Heiliger und ein Witz pro Tag standen. Erleichtert darüber, daß die Tage sich ihr fortan Stück für Stück und nicht auf einen Schlag offenbaren würden, legte Alice das dünne Blatt Papier mit dem Gesicht nach unten neben ihren Frühstücksteller. Das Datum schimmerte durch den *Witz des Tages* hindurch: Ein Mann kommt zu einem Bauer und bietet ihm seine Dienste an. «Ich kann alles», sagt er. «Äcker pflügen, Kartoffeln ernten, Kühe und Ziegen melken, aber auch waschen, bügeln, putzen, malen und tapezieren.» «Wenn das wahr ist, warum hat dich dann dein alter Chef gehen lassen?» wundert sich der Bauer.

«Weil er inzwischen verheiratet ist», sagte der Mann.

Alice lächelte pflichtbewußt und drehte das Papierchen wieder mit der 26 nach oben. Erst da las sie das Wort. Es war in Großbuchstaben geschrieben und nahm die ganze Breite des neuen Tages in Beschlag: PEDIKÜRE. Darunter stand, diesmal in der üblichen Schreibweise: 3 Uhr. Anja notierte den neuen Termin immer eigenhändig, nachdem sie zuvor ihre Scheren und Feilen verstaut hatte.

«Pediküre, drei Uhr», murmelte Alice. Das bedeutete, daß sie heute ihre Füße würde waschen müssen. Sie überlegte, was der richtige Zeitpunkt sein könnte, um beide Parteien möglichst viel davon profitieren zu lassen. Nach dem Mittagessen schlurfte sie in Jules' Arbeitszimmer, wo alles noch so dastand wie nach seinem Tod, und schrieb *Füße* auf ein Memozettelchen. Mit dem gelben Viereck gleich einem Zitronenfalter auf der Fingerspitze, suchte Alice Halt zwischen dem Schrank und den drei ordentlich aufgereihten Eßzimmerstühlen und stiefelte wieder in die Küche. Sie klebte den Zettel auf das mit welken Kletterpflanzen bedruckte Tischset und legte eine der Pillen, die sie vor dem Essen einnehmen mußte, darauf. Gott mochte wissen, wofür oder wogegen sie gut war. Die Pille paßte jedenfalls gut in das kleine Hufeisen des Ü.

Im Laufe des Vormittags trug sie alle Bestandteile und Utensilien für ihre Fußwäsche zusammen. Sie stellte den weißen Eimer in der Badewanne bereit und hängte ein altes Handtuch, bei dem Weichspüler nichts mehr ausrichten konnten, darüber. Es war ein eckiger, grauer Lappen, der bereits zwei Generationen überdauert hatte. Einer von der Sorte, den Frauen ihres Alters bis in alle Ewigkeit in Reserve hielten. Sie würde gleich den vollen Eimer darauf stellen, um ihren Perserteppich zu schonen. Zum Abtrocknen wiederum legte sie in der Küche ein flauschiges, dunkelblaues Exemplar bereit. Obenauf kamen ein Waschlappen und ein flaches Stück Seife auf einer Untertasse, die sie jedoch im Laufe des Vormittags wieder wegräumte. Sie würde statt dessen ein wenig Badeschaum in den Eimer spritzen: Dann würden ihre Füße nach Lavendel duften. Die violette Farbe hatten sie ja bereits.

Alice taute ein Päckchen Tiefkühlrahmspinat auf, brutzelte zwei dünne Scheiben Rauchfleisch in der Pfanne und schlug ein Ei darüber. Um ein Uhr hatte sie ihre Mahlzeit beendet. Sie faßte Mut, bevor sie sich an die Arbeit machte. Das graue Tuch breitete sie auf dem Boden vor ihrem Platz auf dem Sofa aus. Sie legte Handtuch und Waschlappen in Reichweite auf den Zeitungsstapel. Im Badezimmer ließ sie den Eimer halb voll schäumen und hob ihn dann aus der Wanne heraus. Auf dem Weg ins Wohnzimmer mußte sie ihn ein paarmal keuchend absetzen. Das Wasser klatschte hoch bis zum Rand.

In der Küche hob sie ihren Rock hoch und hielt den Saum zwischen Hals und Kinn geklemmt. Langsam streifte sie ihre Strumpfhose herunter, bis sie ihr wie eine schlottrige zweite Haut um die Fesseln hing. Als sie ruckartig den Kopf anhob, waren ihre nackten Beine gleich wieder bedeckt, und sie setzte sich auf einen Küchenstuhl. Mit den Zehen streifte sie die Strumpfhose in Richtung Teppich und stieg aus ihr heraus. Die Kälte schnitt ihr heftig in die Beine. Im Wohnzimmer nahm sie vorsichtig auf dem Zweiersofa Platz, rutschte an den Eimer heran und ließ ihre kalten Füße in die warme Lauge gleiten.

Während sie einweichten, würde Alice ein Nickerchen machen und so gleich zwei Fliegen mit einer Klappe schlagen. Sie breitete das blaue Handtuch über ihre Knie aus und spürte, wie sich die Wärme behaglich in ihrem alten Körper verteilte.

Sie träumte, sie säße in einem Segelboot. Ganz in der Nähe trieb ein riesenhafter Ozeandampfer, der die Wellen hochschlagen ließ, so daß ihr kleines Schiff fast kenterte.

Die Fahrradklingel, die sie irgendwo im Hintergrund hörte, konnte sie nicht einordnen. Tuteten Schiffe nicht?

Das Klingeln hielt an, und mit einem Ruck war Alice wieder an Land. Es war das Telefon. Sie beugte sich vor, und es gelang ihr gerade noch rechtzeitig, den Hörer auf dem Marmortisch zu sich heranzuziehen.

«Hier ist Yvonne, du weißt sicher, weshalb ich anrufe?» sagte ihre Freundin ohne Umschweife.

Eigentlich waren sie nie wirklich Freundinnen gewesen. Yvonne hatte sich Alice gewissermaßen angeeignet, nachdem auch sie Witwe geworden war. Das Sterben ihres Mannes Firmin, Jules' Blutsbruder seit ihrer gemeinsamen Schulzeit, hatte sich über Jahre hingezogen. Von einem stämmigen Koloß hatte er sich in einen schwachen, durchscheinenden Engel verwandelt. Er mußte nur noch seine Augen schließen. Für Yvonne war der Abschied von ihrem Mann in hundert kleine, erträgliche Abschiede aufgeteilt gewesen. Alice fand, daß ihr Schmerz, würde man ihn vergleichen, sich wie ein entzündeter Fingernagel zu einem ohne Betäubung amputierten Bein verhielt.

«Du hast es also nicht vergessen. Heute wolltest du mir eine endgültige Antwort geben», drängte Yvonne.

«Ich habe dir letzte Woche schon zweimal eine endgültige Antwort gegeben, Yvonne», sagte Alice. «Ich werde nicht mit nach Benidorm kommen, und du weißt auch, warum.»

Mit ihrer Linken warf sie den Waschlappen in Richtung Eimer, sich selbst zum geheimen Zeichen, daß sie das Telefongespräch nicht in die Länge ziehen wollte. Das harte Blau des Lappens wurde schwarz wie Tinte, und er landete wie eine weiche Qualle auf ihrem Fußspann.

«Das sind doch alles nur Ausflüchte, Alice, nichts als Ausflüchte. Du schließt dich viel zu sehr ein. Das Leben ist zu kurz, zu kurz, um wie ein Trauerkloß in den eigenen vier Wänden zu hocken.»

Während Yvonne ihren Worten gerne Nachdruck verlieh, indem sie sie in allerlei Variationen wiederholte, faßte Alice ihren Abscheu für Benidorm nun schon zum soundsovielten Male zusammen:

«Hör zu, Yvonne, jedem Tierchen sein Pläsierchen, aber ich will nicht nach Benidorm, und ich werde auch nicht nach Benidorm fahren. Ich habe dir schon zehnmal gesagt, daß ich es für ein zweites Blankenberge halte, nur eben in Spanien. Und auch nach Blankenberge wollte ich nie, weil sich da ganz Antwerpen tummelt. Na, von mir aus auch halb Antwerpen, denn die andere Hälfte ist in Benidorm.»

«Dann ist bei dir in der Gegend wohl wenig Volk unterwegs», unterbrach Yvonne sie, ungefähr an derselben Stelle der Geschichte wie die letzten Male.

«Zugegeben, Jules und ich haben ein einziges Mal in Benidorm Urlaub gemacht. Damals hat das jeder getan», fuhr Alice unbeirrt fort. «Doch wir wußten schon vom ersten Tag an, daß das nichts für uns ist. Ich erinnere mich noch gut, daß wir morgens zusammen zum *supermercado* gingen, denn wir hatten im neunten Stock ein Apartment, und ich habe selbst gekocht. Natürlich sind wir auch oft auswärts essen gegangen. Aber nicht in die belgischen Restaurants, wo für Touristen mit Heimweh Schmorfleisch mit Pommes oder Blumenkohl mit Wurst auf der Speisekarte standen, sondern zu einem richtigen Spanier, wo es Paella oder gebakkene Tintenfischringe gab ... Wie hießen die Dinger gleich wieder? *Calamares*, richtig. Zäh wie Gummi, aber so hat man länger was davon, hat Jules immer gesagt. Wir gingen also zum *supermercado*, und es kann nicht später als halb elf am Morgen gewesen sein. Auf dem Boulevard hörten wir Musik aus einem Lokal kommen, so Hochzeitsmusik. Es war *Sieh da die Bäuerinnen*, glaube ich. Ich zog Jules mit in Richtung der Klänge, und du glaubst es nicht: Die Leute tanzten. Frauen in unserem Alter, Yvonne, in viel zu kurzen Röcken oder viel zu knappen Sommerkleidern und Männer in Shorts mit so einem Feinrippunterhemd darüber – die tanzten einfach in einer Kneipe. Um halb elf in der Frühe! Im Juni! Nimm's mir bitte nicht übel, aber das ist nichts für mich.»

Alice war außer Atem, und Yvonne nutzte die Gelegenheit, um sich wieder dazwischenzudrängen.

«Aber Alice, das heißt doch noch lange nicht, daß wir das auch tun müssen. Hier in der Stadt gibt es doch auch Leute, die um halb elf in ein Lokal gehen, um zu tanzen ...»

«Das mag ja durchaus sein, aber es interessiert mich nicht, und sehen will ich es erst recht nicht. Das Gehopse von diesen angetrunkenen Belgiern war ja nicht das einzige, worüber ich mich geärgert habe. Sogar am Strand hörten wir überall Musik, und wenn man dann näher herankam, sah man Frauen in Gruppen Gymnastik machen, in der Alterskategorie Fünfundsechzig bis Fünfundneunzig, würde ich mal sagen, und allesamt trugen sie Bikinis, zu kurze Hosen, Badeanzüge oder sogar Tennisröckchen – ohne sich zu schämen. Ihre braune Haut schien geradewegs aus der Ledergerberei gekommen zu sein, und die Brüste hingen ihnen herab bis zu den Hüften. Das mag ja gut für die Muskeln und Gelenke sein, ich für meinen Teil fand es jedenfalls geschmacklos. Diese alten, zerknitterten Frauen, die anbetungsvoll den Anweisungen eines lokalen Adonis folgten. So was macht man doch nicht in der Öffentlichkeit! Wir hielten unsere Gelenke früher auch geschmeidig, aber in anständiger Kleidung und hinter geschlossenen Türen; unter der Leitung von *Michel Bottu*, am Klavier begleitet von *Irene van Rijsselberge*. Weißt du noch? Jeden Morgen um Punkt sieben im Radio?»

«Jaja, ich erinnere mich, ich glaube, es war nach den Nachrichten», biß Yvonne begierig an. «Aber wir müssen doch keinen Sport machen, wenn wir keine Lust dazu haben. Wir gehen zur Entspannung dorthin und um mal rauszukommen. Ich gebe ehrlich zu, daß ich mir beim ersten Mal, als ich allein gefahren bin, auch Sorgen gemacht habe. Frauen unserer Generation sind es schließlich nie gewohnt gewesen, allein zu reisen. Wir folgten unserem Mann, und er folgte uns, wir waren immer zusammen. An meinem ersten Abend ohne Firmin in Benidorm fühlte ich mich mutterseelenallein im Speisesaal. Aber ich hatte meine Suppe noch nicht angerührt, da schlugen mir die beiden Frauen vom Nebentisch vor, mich zu ihnen zu setzen. Und ab dem zweiten Tag saßen wir zu zwölft an einer langen Tafel. Allesamt Witwen. Alle hatten das gleiche mitgemacht. Du glaubst gar nicht, wie gut es tut, mit jemandem reden zu können, der genau weiß, wovon du sprichst.»

«Aber ich mache mir keine Sorgen. Und ich bin auch nicht mutterseelenallein. Ich will bloß nicht nach Benidorm und erst recht nicht mit zwölf Witwen an einer langen Tafel sitzen! In unserem Hotel damals hatten sie übrigens einen Swimmingpool, in dem sie auch geturnt haben. Überwiegend Frauen, hier und da ein Mann. Und ausnahmslos alle, wirklich alle, trugen eine Bademütze auf dem Kopf. *Aquagym* hieß das. Von neun bis halb zehn morgens, glaube ich. Uns haben sie da zu dieser Stunde nicht gesehen, bis auf das eine Mal, als wir dort zufällig vorbeiliefen, weil wir einen Ausflug machen wollten. Und alles, was die Wasserratten da im Pool heruntergeturnt hatten, fraßen sie sich am Frühstücksbüfett gleich wieder an. Speck mit Eiern, Croissants, Obstsalat, Joghurt mit Cornflakes, Fleisch- und Wurstwaren, Käse, sicher fünf verschiedene Sorten Brot, von allem so viel man wollte, und viel ist ja bekanntlich nicht genug. Also, das würde ich jetzt gar nicht mehr alles essen können.»

«Du mußt doch nicht mehr essen als das, worauf du Appetit hast, Alice. Aber du würdest es doch sicher auch genießen, wenn du zwei Wochen nicht kochen und nicht alleine essen müßtest», versuchte es Yvonne.

«Und was, wenn ich dort krank werde?» fuhr Alice unbeirrt fort. «Kannst du dir vorstellen, wie ich da in einem Krankenhaus liege mit einem spanischen Arzt an meinem Bett? Und Krankenschwestern, die ich nicht verstehe, und ohne Besuch?»

Sie bewegte ihre Zehen unter dem Waschlappen und merkte, daß das Wasser langsam abkühlte.

«Du liebe Güte, worüber du dir alles Gedanken machst! Dann sind immer noch wir da, wir kümmern uns dann um dich.»

Yvonnes Stimme klang schwach. Sie wußte, daß sie ihr letztes Pulver verschossen hatte und ebenso allein nach Benidorm würde fahren müssen, wie Alice zu Hause bleiben würde.

«Ich höre immer *wir*! Kommt denn sonst noch jemand mit?» wollte Alice wissen.

«Mit *wir* meine ich natürlich die Leute, die im selben Hotel untergebracht sind. Unsere Reisegefährten. Du wirst dort neue Freundschaften schließen, Alice. Wenn da etwas passiert, kümmert sich jeder um jeden.»

«Ich will keine neuen Freundschaften schließen», sagte sie im Tonfall verwöhnter Kinder. «Und ich werde jetzt übrigens Schluß machen, mein Wasser wird kalt.»

«Dein Wasser?» fragte Yvonne. «Welches Wasser? Wolltest du dir gerade einen Kaffee machen?»

«Aber nein, meine Füße stecken in einem Eimer. In fünf bis zehn Minuten kommt die Pediküre», log sie. Bevor sie auflegte, sagte sie noch: «Schick mir doch ein Kärtchen aus Benidorm, dann bin ich schon ganz zufrieden. Bis dann, Yvonne.»

«Bis dann, Alice. Aber sag später nicht, ich hätte nicht alles versucht, dich zu überzeugen. Danke!»

Danke? Bedankte sich Yvonne nun bei ihr, weil sie nicht mitging? Alice sah, daß sie noch eine gute halbe Stunde Zeit hatte, bevor Anja kam. Das Telefonat, absichtlich *forte*, um ihren Argumenten den nötigen Nachdruck zu verleihen, hatte sie erschöpft. Ihr Mund war trocken, und ihr rechtes Ohr glühte. Alice fiel wie ein Stein und ohne jeden Übergang erneut in den Schlaf.

Sie war am Strand und lief barfuß durch das Wasser, das sich in kühlen Kreisen um ihre Knöchel schloß. Überall lagen Touristen auf bunten Badetüchern. Auf einer freien Stelle hüpfte sich eine Gruppe uralter Menschen den Schweiß aus dem Körper, von einer Aerobiclehrerin angefeuert, die ihre Anweisungen auf französisch rief. Alice glaubte, Yvonne in der Masse zu erkennen, aber bei näherer Betrachtung schien es ihre Nachbarin Fräulein Demesmaecker zu sein. Sie trug einen altmodischen, erdnußbutterfarbenen Badeanzug, der nahtlos in ihre gebräunte Haut überging.

Alice zog sich den Sonnenhut ins Gesicht und ging wieder in Richtung Brandung. Tropfen spritzten bei jedem ihrer Schritte auf, gnadenlos brannte die Sonne auf ihre Schultern. Dann hörte sie wieder die Fahrradklingel, das Geräusch kam näher und näher. Ein Eisverkäufer fuhr mit einem Lieferrad voll *Cornettos* und *Friscos* an ihr vorbei. Er winkte ihr fröhlich zu. Doch das Geklingel ebbte nicht ab, als er hinter dem Horizont verschwunden war. Der Klang wurde lauter und schien jetzt wieder näherzukommen. Mit einem Ruck wurde sie wach. Das Telefon lag neben ihrem Oberschenkel und klingelte.

«Hallo», sagte sie mit belegter Stimme.

«Ach, Frau Alice, Anja hier, die Pediküre. Wie froh ich bin, Sie zu hören! Ich stehe nämlich schon eine ganze Weile vor Ihrer Tür und klingle. Ich dachte schon, es wäre was passiert. Darum habe ich es dann mal mit meinem Handy versucht. Wir hatten um drei Uhr einen Termin, wissen Sie noch?»

«Natürlich weiß ich das noch!» höhnte Alice. «Wo sind Sie denn jetzt?»

«Vor Ihrer Tür, im Hausflur.»

«Ich komme!» sagte Alice. «Einen Moment bitte.»

Wie ein Fahnenschwinger warf sie das Handtuch auf den Boden, das dort wie eine eingeholte Flagge landete. Vorsichtig hob sie ein Bein nach dem anderen aus dem Eimer und sah, wie ihre nassen Füße zwei dunkle Abdrücke auf dem Dunkelblau hinterließen. Schlaftrunken ging sie in den Flur, das Wasser tropfte von ihren Knöcheln herab.

Sie spähte sicherheitshalber kurz durch den kleinen Türspion und blickte geradewegs in Anjas Gesicht, die dort geduldig wartete. Dann drehte sie den

Türknopf ein Viertel herum und hakte die Kette aus.

Anjas Blick glitt hinunter zu den nachlässigen Inseln aus Schaum, die zwischen Alice' bläulichen Adern lagen. Dann schaute sie nach oben und sah auch ihre geröteten Wangen, das wirre Haar.

«So, Frau Alice, Sie kommen wohl von weit her, vermute ich!»

Sie lächelte beruhigend.

«Stimmt, aus Benidorm», sagte Alice und öffnete mit einer einladenden Geste schwungvoll die Tür.

Wunderland

Dezember

Graublaue Schatten schmiegten sich in die Falten des Tages, der geräuschlos in den Abend überging. Alice knipste von ihrem Sessel aus die Stehlampe an. Sie sah, daß es draußen zögerlich Puderzucker schneite. In der Ferne hörte sie nervöse Stimmen und Autotüren, die ins Schloß fielen. Sie machte kurz die Augen zu und spitzte die Ohren, um die ungewohnten Geräusche besser wahrnehmen zu können. Angst beschlich sie. Vielleicht waren die wirbelnden Flöckchen ja ihre durchgedrehten Gedanken, das metallene Klopfen das Echo ihres Herzschlages?

Es geschahen seltsame Dinge. Gestern – oder war es vorgestern gewesen? – war sie über das Deck eines Kreuzfahrtschiffes geirrt. Oder war es vielleicht ihr Haus gewesen, das plötzlich wegtrieb? Fast hatte sie die vorbeisausenden Möwen berühren können, überall um sie herum wogte das Wasser. Doch dann wurde aus dem Bullauge langsam wieder das Schlafzimmerfenster, und die weißen Schaumkronen des Ozeans geronnen zu kerzengeraden Strichen auf dem Parkplatz.

Es schneite jetzt stärker, dicke, rieselnde Weihnachtskartenflocken. Alice stand auf, um sich zu orientieren. Dazu stützte sie sich auf den Spazierstock, den ihr Jules einst in einem Souvenirladen in Interlaken gekauft hatte – als folkloristische Note ihrer Bergwanderungen. Gerade als sie aufrecht stand und ihre Schultern gestreckt hatte, klingelte es. Die kleine Diele schien weiter entfernt als die Schweizer Alpen.

Wie gewöhnlich schaute sie erst durch den Türspion, durch den sie verschwommen einen Nachbarn von oben, einen der Statisten in ihrem Leben, erkannte. Ein nervöses Zucken spielte um seinen Mund, und er strich sich andauernd links und rechts seiner Geheimratsecken die Haare glatt. Alice stellte ihren Stock in dem kupfernen Schirmständer ab und öffnete dann die Tür. Sie schaute geradewegs auf seinen beschwörenden Finger, mit dem er soeben erneut klingeln wollte.

«Frau Alice, ich dachte schon, Sie wären das!» sagte der Mann gehetzt. Sein Atem schlug ihr ins Gesicht. Sie hielt sich an der Türklinke fest, wankte kurz und mußte wieder an das Kreuzfahrtschiff denken.

«Aber das bin ich doch auch?»

«Ja richtig, aber meine Frau und ich hatten schon befürchtet, daß Sie es wären. Unten, im Krankenwagen.»

Er ging einen Schritt auf sie zu, als wolle er sie umarmen. Mit einer Geistesgegenwart, die sie selbst erstaunte, wich sie zurück. Behutsam legte der Nachbar seine große Arbeiterhand auf ihren Oberarm. Durch ihren Ärmel hindurch spürte sie, daß seine Finger zitterten.

«Ja, wissen Sie denn nicht, was passiert ist?» erkundigte er sich.

Alice schüttelte den Kopf. Sie wußte nichts und befand sich nirgends. Eine Einsiedlerin war sie geworden.

Der Mann wollte ihr gerade die Neuigkeiten berichten, als sich die Aufzugtür öffnete und Bea von unten zum Vorschein kam. Sie brach in Tränen aus, als sie Alice dort stehen sah, und legte einen Arm um ihre Schulter. Sie schwankten kurz gemeinsam.

«Ich dachte, Sie wären das», schluchzte nun auch Bea ganz dicht an ihrem Ohr. «Für die andere ist es natürlich genauso schrecklich, aber ich bin doch heilfroh, daß Sie es nicht sind, Frau Alice.»

Erleichtert darüber, daß seine Mission vollbracht war, verschwand der Nachbar im Lift. Trösten war etwas für Frauen, fand er. Bea begleitete Alice hinein zu ihrem Stammplatz am Fenster. Beide bebten mehr oder weniger synchron.

«Ich schenke uns mal ein Gläschen Sherry ein. Dann redet es sich leichter», sagte Alice, die gleich in ihre Gastgeberrolle schlüpfte, sobald sie im gelblichen Schein der Lampe saßen. Bea hatte ihr dann, stokkend und sorgsam ihre Worte abwägend, erzählt, was passiert war. Daß jemand aus dem neunten Stockwerk des Gebäudes gesprungen sei. Daß sich plötzlich aufgetauchte Nachbarn und Passanten, die sich um den Polizeiwagen und den Krankenwagen herumdrängten, zugeflüstert hatten, es sei vielleicht die alte Dame aus dem sechsten Stock. Frau Alice! Sie hätten sie schon so lange nicht mehr gesehen.

«Versprechen Sie mir …», sagte Bea mit Nachdruck, als sie ein halbes Stündchen später aufbrach, «versprechen Sie mir …» Es klang wie eine Beschwörung.

«Ich verspreche nichts.» Alice artikulierte den Satz, als sei sie in einem Sprachkurs. Ihre Wangen glühten, und ihre Augen glänzten.

«Ich finde schon hinaus», rief Bea aus der Ferne. Als die Tür hinter ihr ins Schloß gefallen war, merkte Alice, daß ihr Spazierstock noch immer im Schirmständer stand. Ihre Wut beflügelte sie. Sie stapfte aus eigener Kraft in die Diele, drehte resolut das Sicherheitsschloß der Tür herum und schnappte sich den Knauf des Spazierstocks. Daß man sie aufsuchte, weil man glaubte, sie läge tot im Schnee … Eine Schande war das!

In der Küche warf sie mit unerwarteter Kraft das Fenster auf und lehnte sich hinaus. Die Kälte biß ihr ins Gesicht, und sie spürte, wie feuchte Schneeflocken in ihrem Nacken landeten. Dort unten war nichts Ungewöhnliches zu sehen, der Schnee hatte alle Spuren zugedeckt. Beruhigt und ein wenig abgekühlt, ging sie ins Wohnzimmer und nahm wieder in ihrem Sessel Platz. Sie zog sich das karierte Plaid über die Knie und erschauderte in dem warmen Tunnel. Wie es sich wohl anfühlen mochte, fragte sie sich, flügellahm zu schweben, neun Stockwerke lang?

Schwerelos sauste Alice durch die leere Luft, senkrecht nach unten. Ihre größte Sorge war, ihr grauer Rock könnte hochwehen – wie ein Regenschirm. Deshalb hielt sie die Falten eng an ihre Oberschenkel gedrückt. Knapp, bevor sie hätte landen sollen, genau zwischen den Linien einer Parkfläche, stieg sie wieder auf. Sie blickte über ihre Schulter, um zu sehen, ob ihr Gefühl sie nicht täuschte. Und tatsächlich: Auf ihrem Rücken falteten sich zwei riesenhafte Flügel auseinander. Die dünne Luft, die ihr durchs Haar und entlang der Wangen streichelte, war voller Versprechen. Alice sauste durch die Wolkendecke.

Mit einem Ruck wurde sie wach. Sie sah verwirrt auf die Uhr: fast Mitternacht. Es schneite noch immer. Sie befreite sich aus dem Plaid und schleppte sich in die Küche. Hatte sie heute abend eigentlich etwas gegessen? Das Rumoren in ihrem Magen sagte ihr, daß dem nicht so war. Sie schmierte sich ein Butterbrot, belegte es mit einer Scheibe Käse, die sie mit ein wenig Senf bestrich. Aus der Gefriertruhe nahm sie blindlings eine Eiswaffel mit Schokolade und Haselnüssen heraus, die sie auf die Anrichte legte.

Ihr Butterbrot aß sie im Stehen und schlenderte anschließend ziellos in der Wohnung umher. Irgend etwas trieb sie in Jules' Arbeitszimmer. Sie wußte zwar nicht genau, was, aber sie vertraute darauf, daß sie schon noch dahinterkommen würde. Auf seinem Schachbrett standen die Figuren für eine neue Partie bereit. Manchmal ließ Alice eines der Pferde einen Sprung machen, oder sie schob den König ein Feld nach vorn. Doch anschließend stellte sie die Figuren wieder in ihre Ausgangsposition zurück.

Ohne zu wissen, wonach sie suchte, stellte Alice sich vor den Schrank, in dem die Reiseandenken waren. Von dem Regalbrett, das sich auf Augenhöhe befand, nahm sie die Glaskugel mit der *Jungfrau-Maria-zu-Wassern*, die sie einst aus Lourdes mitgebracht hatte. Erst als sie wieder im Schein der Lampe saß und die kleine gläserne Kuppel in ihrer Handfläche warm geworden war, schüttelte sie sie. Die Muttergottes verschwand in einem Wirbel aus glitzernden Schneeschuppen. Alice lächelte und schüttelte sie noch einmal, diesmal heftiger, wilde Gebärden machend. Sie glaubte, Todesangst in den Augen der in einen Schleier gehüllten Figur zu erkennen. Breitete sie tatsächlich die Arme aus, während sie kopfüber im Schneetreiben hing?

Sie wußte es nicht. Sie konnte ihre Gedanken in dem nebligen Dunkel, das sich hinter ihrer Stirn befand, nicht ordnen. Als sich der Sturm in der

 Glaskugel endlich legte, setzte sie die Kugel mit einem Rums auf den Salontisch, so daß ein Häufchen Pulverschnee aufgewirbelt wurde. Plötzlich erinnerte sie sich an ihr Eis, das noch auf der Anrichte lag. Es war inzwischen geschmolzen. Sie goß den Inhalt des in Goldpapier gewickelten Hörnchens in die Spüle und sah den cremigen Marmorstreifen dabei zu, wie sie im Ausguß verschwanden. Ich hätte doch nur Zahnschmerzen davon bekommen, dachte sie und fuhr kurz mit der Zunge über ihre Zähne. Sie waren im Laufe der Jahre weniger zahlreich und spitzer geworden. Doch was da an verwittertem Elfenbein in ihrem Mund übriggeblieben war, war alles echt und unverfälscht. Und darauf war sie stolz.

Sie ließ sich wieder unter ihrem Plaid im Sessel nieder und sah durch den breiten Spalt zwischen den Gardinen hindurch, daß es aufgehört hatte zu schneien. Mit dem Nagel ihres Zeigefingers tickte sie einen Zahn nach dem anderen an, verzählte sich jedoch schnell. Bilder aus einem langsamen japanischen Film, den sie zusammen mit Jules gesehen hatte, schoben sich wie Eisschollen in ihr Gedächtnis: Nach einem alten Brauch entledigten sich arme Familien ihrer Stammesväter beziehungsweise -mütter, indem sie sie in ein unwirtliches Gebiet brachten. Wenn die alten Leutchen ihre Zähne verloren – womit ihre Überflüssigkeit symbolisch bewiesen war –, wurden sie auf einer abgelegenen Hochebene zurückgelassen, wo sie entweder verhungerten oder erfroren. Alice sah das wettergegerbte Gesicht der Großmutter aus dem Film wieder vor sich, die wie ein Tier in Not ihre Oberlippe hochzog und im Glanz einer Spiegelscherbe ihr unverwüstliches Gebiß betrachtete. Das viele Blut und Krachen in den folgenden Szenen hatte Alice schockiert. Die alte Frau hatte ihr Schicksal selbst in die Hand genommen und sich eigenhändig die wenigen noch verbliebenen Zähne ausgeschlagen. Sie war bereit für ihre letzte Reise.

Es war halb zwei.

Ich sollte mich besser schlafen legen, überlegte Alice. Im Schlafzimmer angekommen, war sie zu müde, um sich aus- und ihr Flanellnachthemd anzuziehen. Sie schüttelte die Kissen auf, die sie dann aufrecht gegen das Kopfende lehnte. Danach ließ sie ihren Rock herabgleiten und zog sich die Jacke aus. So wie sie war, kroch sie unter die Bettdecke, die sie sich bis unters Kinn zog, und dachte dabei an die Geschichte vom sterbenden Zen-Mönch, die ihr Jules manchmal im Bett erzählt hatte, während der schwere Bildband auf seinen Oberschenkeln ruhte. Sie saßen eng beieinander, von mollig warmen Kissen gestützt und in Daunen gebettet. Dennoch konnten sie sich bibbernd in die schneidende Kälte Tibets einfühlen, wo sich die Geschichte abspielte. Je weniger sie sich in den letzten Jahren von zu Hause entfernt hatten, um so weiter waren die Horizonte geworden, hinter die ihr Fernweh sie trieb. Jules las ihr vor von den rot- und gelbgekleideten Mönchen mit den kahlen Köpfen und einer Haut wie Leder und über die Kunst, die sie beherrschten: genau in dem Augenblick zu sterben, den sie gewählt hatten.

«Wenn sie dazu bereit sind», hatte Jules betont, bevor er ihr das Buch hinüberschob und selbst kurz mit halb angewinkelten Beinen zu einem Buddha im Pyjama versteinerte. «Sie nehmen die Lotushaltung ein – bei uns heißt das einfach Schneidersitz – und geben ihrem Geist die Anweisung, ihren Körper zu verlassen. Genau so …» Gemeinsam hielten sie den Atem an. Alice war jedesmal erleichtert, wenn das kleine Schauspiel zu Ende war und Jules wieder warm und lebendig neben ihr saß.

Einen Moment lang schien es, als lehnte er leibhaftig neben ihr in den Kissen, die Handflächen aufeinander ruhend, die Daumenspitzen gegeneinander, so wie er es auf dem Foto in dem Buch gesehen hatte. Eine westliche Altmännerversion östlicher Mystik. Sie wollte ihn berühren, doch da waren nur Luft und eine transparente Stimme, die ihr zuflüsterte: «Genau so!»

Sie legte den Rücken ihrer linken Hand in die Innenfläche ihrer rechten, zitternd fanden ihre Daumen zueinander. Ihre Beine ließ sie steif ausgestreckt.

Sie hielt die Augen geschlossen und gebot ihrem Geist mit Nachdruck, ihren Körper zu verlassen. «Jetzt!» hörte sie sich selbst laut sagen. Jetzt! Sie war bereit.

Erst am anderen Morgen, als sie mit eiskalten Händen erwachte und der Schnee sich in schlammigen Brei verwandelt hatte, fragte Alice sich, wer es gewesen war. Wer den Aufzug in die höchste Etage genommen hatte, um daraufhin ganz aus eigener Kraft zur Erde zurückzukehren.

Niemandsland

Verdunsten will ich.
Verwässern.
Wie nebelige Tropfen Fieberschweiß
herabfallen auf meinen Rücken.
Flüssig werden
und in der gläsernen Wasserpfütze
meine Seele sich widerspiegeln sehen.

Eine Frau in Weiß,
die Linda heißt
und manchmal auch Lena,
legt mir ein Handtuch
um die Schultern
und hüllt mich ein.

 Ihre Hand kreist
zwischen meinen Flügeln.
Sie summt Worte in mein Haar.
Ihr Atem breitet sich aus
unter meiner viel zu weiten Haut.

Weg will ich,
weit weg.
Auf die Reise.
Wo ist die Welt geblieben?
Wo ist die Grenze?

Literatur bei C. H. Beck

Diane Broeckhoven

Ein Tag mit Herrn Jules

Aus dem Niederländischen von Isabel Hessel
2005. 92 Seiten. Gebunden

Alice und Jules, ein altes Ehepaar, haben ein Morgenritual, und auch an diesem Wintermorgen wird Alice geweckt von dem Duft des Kaffees, den Jules zubereitet hat. Aber als sie zu ihm ins Wohnzimmer kommt, sitzt Jules tot auf dem Sofa. Doch Alice wird diesen Tag mit ihm verbringen und mit David, dem autistischen Nachbarjungen, der wie immer zum Schachspielen kommt.
Diane Broeckhovens Buch über Alice und Jules und über David und Alice ist eine ergreifende, wunderbar feine Geschichte über einen Verlust, der am Ende auf wunderliche Weise ausgeglichen wird.

«Ein ganz liebenswertes, kleines, schönes Buch darüber, wie Rituale uns manchmal helfen, große Verluste zu überwinden.»

Elke Heidenreich in *LESEN!*